JN000523

「え～、お名前はイノサキマコトさんで間違いないですね？」

「では、こちらが『学生証』となります」

「あ、ありがとうございます」

待つこと一時間。

ようやく順番が回ってきた。

「詳しい使い方などは、寮の方で新入生向けの説明会を行いますので、こちらでの受付は以上となります」

井ノ崎 真（イノ）
元々『普通の現代日本』で暮らしていたが、ある日気付いたら別世界の小学六年生「井ノ崎真」に転生していた。ダンジョン学園入学後、徐々にダンジョンの攻略に興味と楽しさを覚えるようになる。
鷹尾 芽郁（メイ）
クラス【剣士】を持つダンジョン学園二年生の少女。ある出来事をきっかけに、イノとペアを組んでダンジョン深層階の攻略を目指し始める。
野里 澄
ダンジョン学園の教官。イノの属する1年E組の担任を務める。

CHARACTERS
かわかみ ようこ
川神 陽子(ヨウ)
イノやサワと小学校時代の同級生。同じダンジョン攻略班である獅子堂のことが好きになる。
ししどう たける
獅子堂 武
ダンジョン学園一年A組の生徒で、初等部からの内部進級組。幼馴染のメイのことが気になっている。
さわなり いつき
澤成 樹(サワ)
イノやヨウの小学校時代の同級生。イノとヨウと共にダンジョン学園中等部に新一年生として入学する。

「……イノ君！　強化ゴブリンが多い。一先ず当たる！」
メイ先輩は既に《甲冑》を展開して駆けている。
僕は《纏い影》をゴムのように使って鉈を手元に戻し、そのまま周囲に残っていた通常ゴブリンを狩る。

プレイした覚えもないゲーム的な世界に迷い込んだら

IF YOU WANDER INTO A WORLD
LIKE A GAME
YOU DON'T REMEMBER
PLAYING.

著 なるのるな
ill. PUPPS

MAIN MENU

IF YOU WANDER INTO
A WORLD LIKE A GAME
YOU DON'T REMEMBER
PLAYING.

デザイン／AFTERGLOW
イラスト／pupps

プロローグ　ダンジョンのある世界

プレイしていたゲームの世界に転生or転移する。

転生先が嫌われ者の悪役だった。

集団転移したらチート能力がしょぼくて追放される。

役立たずと勇者パーティから追い出される。

自分だけがこの世界の秘密を知っている……などなど。

異世界系の話はそれこそ世に溢れているし、もし自分がそうなったら……と、空想することだってあるだろう。

僕だって十代の頃はそんな感じだったと思う。

普通にゲームだってしたし、異世界系の小説だって読んだ。動画配信で一攫千金を夢見るとかだってあったさ。

でも、いざ自分が『そういう状況』に置かれると混乱するよね。

そもそも僕は誰なの？

記憶が不完全だ。

気付いたら井ノ崎 真という人物になっていた。

自分についての記憶は飛び飛びだけれど『普通の現代日本』で過ごしていたことは覚えている。

普通に生まれて、普通に成長して、普通に学校へ通って、普通に恋愛もして、普通に就職して、普通に結婚して、子供が生まれて……孫も？　……妻に先立たれた？　ひ孫もいたのか？　具体的なエピソードは覚えているのに、年齢や時系列がバラバラな感じ。それに具体的な固有名詞……自分の名前に住んでいた地名、年代、通っていた学校や職場などが分からない。なのに、芸能人の名前なんかはチラホラ覚えているという中途半端さ。いや、むしろ徹底していると言うべき？

どうなんだろ？　僕は死んだのか？　もしくはあれは全て夢だったのか？

とにかく、目が覚めたというか意識が戻った時には、十二歳の小学六年生の井ノ崎真だった。ワケが分からないでしょ？　もちろん僕もだ。

しかも、井ノ崎真がいる日本は、僕が過ごしていた現代日本じゃない。

ここでの元号は霊和（れいわ）。……思い出せないけど、何故（なぜ）か無性に惜しい気がする。少なくとも、僕が生きていた日本の元号じゃないのだけは分かる。これは確か。

違うのは元号だけじゃない。いや、元号の違いなんてどうでもいい。

井ノ崎のいる日本というか世界には、ダンジョンがある。そう、ダンジョン。ゲームとかではお馴染（なじ）みのあのダンジョンだ。大事なことなので三回言った。

なんでも、こっちの世界じゃ世界大戦が起こっていない。第一次も第二次も。

ナチスによるユダヤ人の虐殺もなければ、広島と長崎への原爆投下もない。

でも、ダンジョンがある。

ダンジョンの中には魔物が普通に存在し、それらを倒すとアイテムをドロップするという、まさに僕でも知ってるゲーム的なシステムが反映されているらしい。

この世界で最初にダンジョンが確認されたのは、一九一四年のボスニアの首都サラエボ。この年代と場所は、第一次世界大戦の引き金となったサラエボ事件の舞台。

サラエボを視察に訪れていたオーストリアの皇太子夫妻が、ダンジョンの出現とそのダンジョンから大量に魔物が吐き出された……後にダンジョンブレイクと呼ばれるようになる……魔物の大暴走に巻き込まれて死亡している。これはそのままサラエボ事件をなぞっている感じだ。一国の首都全域が壊滅するという、事件の被害規模はかなり違うけど。

その後、サラエボは魔物の巣窟と化し、首都が陥落し、国家機能が麻痺したボスニアに対して、オーストリアを始めとした周辺国家が魔物の制圧を目的に武力侵攻したということになっている。

同時期、ロシア帝国やドイツにもダンジョンが出現し、世界規模で『ダンジョン（魔物）vs.人類』という構図が出来上がっていったらしい。

そんな歴史がある世界。

現在、ダンジョンは国際社会のルールに従って国家による管理がされており、活性化しているダンジョンはかなりの数に上るという。この世界の日本にも存在している。

出現当時から十数年の混乱期を乗り越えた後、ダンジョンの詳しい状況が知られるようになり、単なる危険地帯というだけではなく、資源という面でも活用されるようになった。

当時……というか現代においての科学技術をも余裕で上回る機構、科学とは相反する不思議アイテム、魔物という未知の存在にそれらのドロップ品、ダンジョン内に設置されている宝箱……等々。

それらのダンジョンの恩恵を持ち帰る者たち、『探索者』という存在が現れるようになる。

どういう理屈かは知らないけれど、ダンジョンの中では、魔物を倒すことでレベルアップするという、これまたゲーム的なシステムが採用されていた。

浅層部であれば、銃器も通用するけど、ダンジョンは先に進めば進むほどに魔物は強くなり、携行型の銃器が通じない魔物も出てくる。ただ、ある程度レベルアップを経た者というのは、正に人外であり、五十口径の弾丸が通じないような魔物を、素手で殴り殺すこともできるんだってさ。化け物だね。

ただし、ダンジョンでどれだけレベルアップしても、ダンジョンから一定の距離以上離れるとその恩恵は消える。つまり人外から常人に戻るらしい。……このシステムが無ければ、力こそ正義なマッドでマックス的な世界になっていてもおかしくはない。

ワケがわからないけど、そんな霊和な日本で僕は井ノ崎真として生きていくことになったんだ。

現代日本での僕の一生の方が、井ノ崎真が見ていた夢なのかもしれない。

もしかすると、この世界を舞台にしたゲームがあって、そのゲームの世界に僕が転移というか転生したのかもしれない。

仮にそうだとしても、僕はそんなゲームをプレイしたことはない。

そんな覚えはまったくない。

それとも、僕は漫画やアニメの登場人物で、突発的に自我を持ったとか、誰かが操っているとか？

色々と想像はするけど、全くヒントもなしで何も解(わか)らない。神様的な存在に出会った覚えもないし……一体、僕にどうしろと？

第一章　ダンジョン学園へ

1．編入

　集団登校の集合場所でお互いに挨拶を交わす。

「おはよう、ヨウちゃん」

「イノ！　おはよう！」

　彼女は川神陽子(かわかみようこ)。

　友達からはヨウちゃんと呼ばれているし、僕もそう呼んでいる。

　ボブカットにツリ目で、第一印象としては勝ち気な印象を与える小学六年生女子だ。実際の性格も活発で割と見た目と一致する感じ。

　ご近所さん同士、井ノ崎(いのさき)家と川神家は家族ぐるみでの交流がある。所謂(いわゆる)幼馴染(おさななじ)みというヤツだ。こういう設定に対しても『ゲームや漫画の世界か？』という疑念が絶えない。

　ヨウちゃんは活動的な性格だけど、その容姿は美少女の片鱗(へんりん)がある。というか、今でも十分に可愛(かわい)い。それに対して、僕こと井ノ崎真(まこと)は実に平凡だ。性格的にもおとなしい感じだし、中肉中背で無個性な顔。まぁ体格についてはまだまだ成長の余地はあるけど、今から主人公的なイケメンになるとは思えない。

もし僕がゲームの登場人物だとしても、「はい・いいえ」しかセリフがないような、プレイヤーの分身的な主人公とか、脇役・モブキャラだと思う。容姿的には。ヨウちゃんの方は、主人公やヒロイン、重要キャラ感が滲(にじ)み出(で)ている。

実は僕には井ノ崎真の記憶も鮮明にある。でも、違和感も凄(すご)い。ノンストップで映画を何本も観(み)せられたかのようで、まるで自分の記憶のようには感じない。そんな所為(せい)もあってか、日々の小さな出来事すら、この世界に対しての疑念となっている。まだ自分の立ち位置が分からないので、慎重に井ノ崎真をロールプレイしている感じで気も休まらない。

「イノはもう決めたの？」

「……うん、行くことにしたよ。ヨウちゃんみたいに楽しみではないけど……」

これは僕たちの間での一番のホットトピックである、中学の進路についての話。

この世界で、探索者は人気商売。テレビや動画配信もダンジョン絡みが一番の人気らしい。

また、ダンジョンを資源と考えた時、より深層から、他国に先んじて未知の物質やレアな不思議アイテムを持ち帰ることが、国家としての威信を示すことになるという。

謂(い)わばダンジョンの踏破率がそのまま国家の力量であり、代理戦争の様相となっている。素人の小学生が数日調べただけで分かったことであり、これがこの世界での常識的な価値観だろう。

なので、優秀な探索者を育てるのは国家規模のプロジェクトにもなっている。適性のある若者が、探索者を養成する学園へ行くのも常識の範疇(はんちゅう)だそうだ。ちなみに学費などは全て公費で賄われる。太っ腹だね。

で、僕とヨウちゃんはその探索者としての適性……ダンジョンとの親和率とやらが平均値を大きく上回っているらしい。

ただ、だからといって僕らが特別という訳でもない。本当に特別なのは、小学校入学前の適性検査で選ばれる子供たちだ。

その選ばれる子供たちの条件とは、ダンジョンとの親和率が一〇〇%超えと言われている。……この数値は、ダンジョンでのレベルアップのし易(やす)さに関わってくるらしいけど、公然の秘密的な扱いとなっており、ネットでは情報が規制されている。ただし、探索者なら皆知っている話だそうだ。

それで、この親和率一〇〇%超えの子供たちは、選択の余地なく強制的に探索者の養成学園へ行かされることになる。一応の名目としては『本人や家族の意向』となっているが、そんなのを信じている人はいない。入学率も一〇〇%だし。国からの手厚いサポートに金銭的な補償や特権的対応。個人が逆らえないのも無理はない。

一方で、中学からの編入組は「入学しても良いよ」程度の扱いとなる。学費や寮費は無料だけど、それ以外の特権的対応はない。なので、入学しないという選択肢も与えられている。

とは言いながらも、仮に探索者になれなくても、国立の探索者養成学園に在籍していたというのはかなりオイシイらしく、適性のある子はだいたいが編入の道を選ぶ。というか、本人が嫌がろうが、親が説得してでも行かせるのが現実だ。……僕が、井ノ崎真がこれに当(あ)て嵌(は)まる。

「そうなんだ！　じゃあ中学もイノとは一緒だね！」

「……あと、サワくんも編入するって言ってたよ」

「サワも⁉　うわッ！　めっちゃテンション上がる！　一人じゃなくて良かったぁ～」

ちなみにサワくん（イケメン）というのは、もう一人の幼馴染み。

後から引っ越してきたから、付き合い自体は小学二年生からだ。まぁこの年齢での五年の付き合いは十分に幼馴染みってるだろう。

編入について、ヨウちゃんは前向きだけど、個人的には探索者の養成学園なんて真っ平御免だ。学園モノがベースの世界だとしたら、明らかに地雷の匂いしかしない。

特殊な学園。

中学からの編入。

前向きな主人公&ヒロイン（暫定）。

主人公&ヒロインの幼馴染みはモブ。

内部進級のエリート組との確執、ヒロインを巡って幼馴染みがトラブルを起こす……この辺りはイベントとして鉄板だろう。僕みたいなモブがしゃしゃり出ると、碌（ろく）なコトにならない気がする。

「俺のこと呼んだ？」

「あ！　サワも編入決めたんだって⁉」

「えぇ～もう知ってるの？　出来ればヨウちゃんには直接伝えたかったのになぁ。……イノ、言ってただろ？」

「あ、ゴ、ゴメン。忘れてたよ……」

爽やか少年（イケメン）の澤成樹（さわなりいつき）。

コイツだ。

ヨウちゃんの存在だけならともかく、サワくんの存在がますます怪しい。

サワくんは、見た目は爽やかな優男（やさおとこ）風だけど、その性格は熱血系という、主人公向きなタイプだ。少なくとも、モブや脇役で納まるような器じゃない。どう考えたってヨウちゃんとサワくんは重要キャラ側だろう。若干、天才肌のヨウちゃんの方がより主人公っぽい感じだ。

じゃあ僕は？

序盤で退場するサワくんの当て馬キャラ？

追放キャラで、実は……な、どんでん返し系なタイプ？

ヨウちゃんに横恋慕する悪役キャラ？

サワくんの親友ポジション？

それとも、ここは普通に現実で、ゲームなんかのフィクション世界とは無関係なのかもしれない。

まぁダンジョンはあるけど、生活自体が現実なのは分かっている。怪我（けが）だってするし、死人が生き返ったりもしないしね。

「えー⁉　みんな中学は別なのッ⁉」

「当たり前じゃん！　探索者の学園だぜ！　行けるならソッチに行くだろ！」

「すげぇよな！　もし有名になったらサインくれよな！」

「ヨウちゃんだったらアイドル探索者目指せるよねー！」

「それを言うならサワくんでしょ！」

「高ランクの探索者になったら、みんな私と友達だって自慢してイイからネッ！」

「ハハッ。俺はインタビューとかで皆のことも言うよ！」

はぁ。小学生からすると探索者は憧れの対象だ。テンションが上がるのも無理はない。

確かにこの世界では花形の職業だし、稼ぐお金も桁が違う。芽が出ない低ランクの探索者であっても、最低でも一流企業の一般職程度の収入があるらしい。

でも、どれだけ綺麗事(きれいごと)を並べても、その実態は、ダンジョンで魔物と戦うという、頭のネジがぶっ飛んだ仕事だ。当然のことながら、大怪我で引退を余儀なくされたり、後遺症で日常生活もままならなくなったり、ダンジョンから戻れない……つまり死んでしまう探索者だって多い。

流石(さすが)に国家規模のプロジェクトだからか、探索者へのネガティブな印象を大っぴらに発言しにくい空気もある。いや、これは魔物の脅威に晒(さら)されてきたこの世界の歴史がそうさせているのかもしれない。その辺りは、まだまだこの世界の新参者である僕には判断がつかない。

その後も、僕たちの登校班では、学校に着くまでキャッキャウフフと探索者談義に花を咲かせていた。

「なぁ。ちょっと聞いたけど、イノも編入するのか？」

「……うん。不本意ながらね。父さんも母さんも『探索者にならなくても後々に有利になるから行け』って、そればっかりだよ」

「はぁ……同じだわ～。俺のところは主に母ちゃんがソレばっかり。言いたいことは分かるけど、今の時点で就職に有利、コネが出来るとか言われても実感が湧かねぇよな～」

ヨウちゃんとサワくんは二組で、僕は三組で別クラス。僕のモブ率が高まる要素だね。

ただ、井ノ崎真にはクラスメイトにも親しい友達がいる。いや、記憶を確認するだけでも、実はヨウちゃんやサワくんには気後れしていたようだから、井ノ崎真にとってはこっちの友達たちに親しみがあったようだ。

風見楓太(かざみふうた)くん。

呼び名はそのまま風見くんだ。なんでも、風見という名字がお気に入りらしい。

ちょっとぽっちゃりな男子で、僕と同じくらいのモブ感にすごく親近感がある。井ノ崎真として過ごす中で、実は風見くんと一緒にいる時が一番心和む。

「やっぱり風見くんも編入するんだ……一応調べたんだけど、地方出身者同士は寮の部屋も配慮してくれるらしいから……もしかしたら同室になったりするかもね」

「……最近聞いた中じゃ一番マシな話だわ。それにしても、何で澤成や川神はあんなに嬉(うれ)しがってるんだか……。しんどい訓練とかばっかりだろ？　ダンジョン学園って……」

ダンジョン学園。

僕たちが行く予定の学園の正式名称は「国立第二探索者養成課程指導学園」だそうだ。でも、誰も正式名称では呼ばない。普通に第二ダンジョン学園とか言われている。

ちなみに第二というのは、ダンジョンの名前から来ている。学園は基本的にダンジョンの特異領域（ダンジョン）に接する形で建てられており『日本国第二ダンジョン「イ」の三十六』という名前のダンジョンに接しているため、学園もソレに倣（なら）って呼ばれている。

ちなみに、ダンジョン学園は小中高の一貫教育だ。入学には一定以上のダンジョンへの適性と学力試験があるけど、学力はオマケ。勉強についてはダンジョン学園独自の裏ワザがあるという。

なんでも、ダンジョンの特異領域（ダンジョン）内で、レベルアップの恩恵を受けた状態で勉強すると……ただの凡人も秀才へと早変わりするらしい。

もちろん、特異領域（ダンジョン）を出るとレベルアップの恩恵は失われるけど、経験や知識が失われることはない。つまり勉強やトレーニングの効果は領域外へ持ち出せる。

親たちは、皆がみんな、自分の子供を探索者にしたいわけじゃない。多くの親御さんがダンジョン学園への入学や編入を望むのは、この裏ワザ勉強法を知っているからだという。

国が仕掛けた、より多くの探索者を生み出すためのエサに過ぎないことも解（わか）った上で、親たちは子供に学力を伸ばして欲しいと願っている。……僕の両親もこれだ。僕が探索者というか、荒事全般に向いてないのは承知の上で、ダンジョン学園へ行くことをほぼ強制されたね。たぶん、風見くんの親御さんも同じような感じだろう。

今現在、この日本には四つの大きなダンジョンが確認されており、それぞれに学園が引っ付いている形。

小規模のダンジョンは、大金持ちや企業などが一般人に知られないように管理している……という、都市伝説みたいな噂まであるけど、信じるかどうかはアナタ次第だ。

編入組に関しては、余程の数の超過が発生しない限りは、地理的に一番近いダンジョン学園に行くことになっている。学園は、小中学生は基本的に全寮制なので、初めは同じ地方出身者で固まるように配慮してくれるらしい。

井ノ崎真はともかく、僕には曲がりなりにも社会人として生きていた記憶がある。流石にコミュ障ではないし、井ノ崎真の人間関係にも実感がないので、あまり気にはしていない。でも、普通の子供たちにはありがたい配慮だろう。

……ヨウちゃんやサワくんは、そんな配慮なしでも馴染みそうだけど……。

「あの二人は、探索者になることを本気で目指しているみたいだからね。Aランクになるって息巻いてるよ」

「おめでたいよなぁ～。いや、あの二人ならやれそうな気もするけど……こっちにも同じテンションを押し付けてきてしんどいんだよな……」

「あ、それは分かる。僕は適性があったことがホントに嫌なんだけど、ヨウちゃんたちといると、あんまり言えないんだよね」

「だよな。そりゃ探索者に憧れはあるけど、いざ自分がダンジョンに行くってなるとなぁ……普通に怖いし」

風見くんはモブな雰囲気だけじゃなく、その考えも僕と似通っている。

僕も配信やニュースとかで観たけど、あくまで一視聴者としてなら、ダンジョン内の映像は凄かった。ＣＧとかじゃない、リアルな魔物との戦闘に不思議空間であるダンジョンの探索、現実にはあり得ないような絶景スポットに特殊なアイテムやらドロップ品の数々……冒険している感が凄い。そりゃ子供たちが探索者に憧れるのも分かる気がする。

でも、配信や公共の電波で流れるのは、あくまで綺麗（きれい）な部分だけなのは理解している。ダンジョンが死亡者の多い職場だというのはどうしたって変わらない。子供たちをそんな所に送り込む訓練をさせるなんてね。この世界の常識や価値観に馴染んでいない僕からすると常軌を逸してるとしか思えない。まぁどうしたって、この世界の価値観に逆らうことはできないけどさ。

そんな感じで、井ノ崎真は中学からはダンジョン学園に編入することになったんだ。

２．出発

途中参加だったこともあり、あっという間に僕の小学六年生は終わりを告げ、第二ダンジョン学園への編入となった。僕たちの小学校からは四人だけど、これは結構多い方らしい。年や学校によっては一人も居ないこともあるし、これまでは年に一人、編入するかしないかという感じだったみたい。同じ学校から一気に四人というのは、近隣の学校でもないみたいだし、例もないらしい。悪目立ちしそうで嫌だ。

「忘れ物はないか？　もしあったらすぐに送るから、向こうについたら連絡するんだぞ」

「うん。ほとんど母さんが準備してくれてたし、先に送った荷物と合わせて、もう忘れ物はないと思う。でも、連絡はちゃんとするよ」

「……お兄ちゃんが探索者になるなんて、未だに信じられない」

「別に探索者になるのが決まった訳じゃないよ。学園に行くってだけ。早ければ一年生の段階で見切りをつけられて戻ってくるさ」

「真、まとまった休みの時は帰って来るのよ？　こっちからは面会とか行けないんだから……」

「うん。でも、年間カリキュラムを見たけど、早くても年末になると思う」

「ホントに大丈夫かしら……真は割とぼんやりしてるから……」

駅の構内、改札前。両親と妹。家族……井ノ崎家の人たちとしばしの別れの儀式。僕の方に実感がないとはいえ、紛れもなく家族だし、善良で好ましい人たちだ。本音を言えば、この家族と共に実家でぬくぬくと暮らしていたかった。

「じゃあ、待ち合わせの時間もあるし、そろそろ行くよ」

「あれ？　ヨウちゃんやサワくんとは一緒じゃないのか？」

「……うん。今だから言うけど、あの二人とは温度差があるから……今日は風見くんと一緒に行くんだ」

「う〜ん……そりゃお兄ちゃんとあの二人だと、キャラの強さが違い過ぎだしね」

「花乃！　そんなこと言わないの！」

「……はは（全くもって花乃の言うとおりだ）、まぁ無理しない程度に頑張ってくるよ。それじ

や、行ってきます」

「じゃあ、行ってらっしゃ〜い！」

「体に気を付けるのよ」

「無理はするなよ」

口々に別れの言葉を吐き出し、名残惜しいけど僕は踵(きびす)を返して改札を抜ける。もうこうなったらふり返らない。家族の視線を背中に浴びながら、風見くんとの待ち合わせ場所に向かう。

人混みの中を掻(か)き分(わ)けて駅構内のチェーンのファストフード店に到着。既に風見くんはいた。

「ゴメン。待たせた？」

「いや、今来たところだ。……って、デートかよ」

「はは。デートだとしても、行き先には不満があるね。デートプランを変更したいよ」

「まったくだぜ。ちなみに澤成と川神は、かなり早い新幹線で一緒に出発したみたいだ。わざわざメールアプリに自撮りまで送ってきてた」

「やる気満々だね……あ、ホントだ。チェックしてなかったよ。何というかこの画像、イケイケなカップルさんだね」

「……なぁ、イノは川神のことが好きじゃなかったのかよ。そんなんで良いのか？」

風見くんにそんな話を振られた。確かに井ノ崎真は川神陽子に淡い恋心を抱いていたと思う。ヨウちゃんの記憶を手繰ると、少し胸がキュッとなって温かい。

でも、ハッキリとは覚えてないけど、ダンジョンのない現代日本を生きた一人の男の人生を追体験？した後だ。流石に小中学生への恋心はない。

そうさ！　僕は断じてロリコンじゃない！　……落ち着け。

あの記憶が妄想だったとしても、今の井ノ崎真を形成しているのは、あっちの世界の人格だと思う。肉体に引きずられているのか、精神性は子供返りしている気はするけど……。

「う～ん……そりゃ今でも可愛いなぁって思っているけど……もうそれどころじゃないでしょ？」

「……それもそうか。そう言えば、俺も四組の白浜のことが好きだったけど、ダンジョン学園に行く事になってからは、何かあんまり気にしてなかったわ」

「お互い淡い片思いが終わったね」

「嫌な終わり方だぜ。知らない内に気にしなくなるなんてよ」

やっぱりあのキラキラしたヨウちゃんやサワくんより、僕は風見くんのが好きだね。何となく気が合う。新幹線の時間までと言わず、僕と風見くんはダンジョン学園に到着するまでずっと、愚痴、不満、不安なんてことを言い合っていた。話自体は楽しかったけど、内容は酷いものさ。

「イノや風見も一緒に来れば良かったのになぁ～」

「しょうがないよ。家族との都合だってあるし」

「そっか。でも、憧れてたダンジョン学園なんだし、この想いを共有したかったな」

「……あの二人は、あんまり乗り気じゃないみたいだけど……」

「そんなことないよ！　だって探索者だよ⁉　ダンジョン学園だよ⁉　テンション上がるじゃん！」

新幹線内の川神少女と澤成少年。

傍から見ていると、幼いカップルが一緒に遊びに行くような印象を受けるだろう。周りも微笑ましい気持ちで二人を何気なく見守っていた、そんな時、二人の会話が他の乗客の耳にも入る。

「あ～君たちはダンジョン学園へ行くのかい？」

「え？　え、えぇそうです。編入のために向かってるところなんです」

「そうか！　そりゃ凄い！　おじさんの知り合いも探索者をやってるんだが、過酷だが国や人のためになる素晴らしい仕事だ！　頑張ってくれよ！」

バンバンと澤成の肩を叩き、中年のおじさんは去っていく。

ふと周りを見渡すと、他の乗客も二人を見ていた。そして、その視線は概ね好意的で温かい。ざわざわと「偉いわね」「きっと立派になる」なんて声も聞こえてくる。

「(……声が大きかったみたい、ゴメンねサワ)」

「(いやいいよ。……でも、ああいう風に言われると、確かにテンション上がる)」

二人の瞳に改めて火が宿る。

学園で優秀な成績を残して探索者になる。いや、なるだけじゃない。まだ見ぬ未踏破深層への到達、未発見のアイテムの獲得、未知の魔物の討伐……必ず高ランクの探索者に登り詰める。

「……ヨウちゃん、頑張ろうね」

「……うん！」

この時、二人の想いは確かに重なっていた。


はいはい。ダンジョン学園に到着しましたよっと。

学園はその敷地（しきち）の一部に特異領域（ダンジョン）……レベルアップの恩恵を受けられる場所を含むため、基本的に一般人は立ち入りを許されない。

立ち入りが許された場合でも、必ず『免責事項の誓約書』にサインが必要となる。要は『怪我したり死んだりしても自己責任だ』というヤツ。今回は生徒としての編入のため、諸々（もろもろ）の必要書類は送付済み。後は証明書と引き換えに許可証代わりの学生証を受け取るだけのはずだったんだけど……。

人が多い。

入学のしおりには、確か内部進級組を除いても毎年三千人近くが入学……いや、学園だから入園なのか？　まぁどうでもいいけど。それだけの人が入ってくるとは書いてあった。ぶっちゃけ、受付の数に比べて人が多過ぎだよ。

まぁこの三千人が、一年後には二千人位になっているという恐ろしい統計もチラッと見た。もちろん、腰掛けや箔（はく）付けでの入学が二割くらいと言われているから、何らかの家庭の事情での退学がほとんどで、死亡や大怪我で退園するのは極少数らしい。…………あ、極少数でもいるにはいるんだね。

「めちゃくちゃ混んでるな」

「仕方ないよ。もともと分かってたことだし。でも、この混雑を考えると、ヨウちゃんやサワくんの判断は間違ってなかったね」

「くそ～もう少し早めに出るんだったな」


「次の方どうぞ」

「はい。……ええっと、これが諸々の証明書です」

　待つこと一時間。ようやく順番が回ってきた。衣類など嵩張る荷物は寮の方に送付済みだけど、身の回りの物を入れてきたリュックはかなりの重さだ。小学六年生というか、中学一年生の身体ではかなり疲れる。この時点で既に消耗しちゃってるよ。

「ありがとうございます。え～、お名前はイノサキマコトさんで間違いないですね？　必要書類などは全て受理されており、再審査が必要な物もありません。では、こちらが『学生証』となります」

「あ、ありがとうございます」

　学生証と言うには物々しい金属板を渡される。

「学園内では、ほぼ全てにおいてその学生証……カードキーが必要となりますので、基本は肌身放さず携行して下さい。もし紛失や盗難があれば、即座に報告の上で紛失届をご提出下さい。詳しい使い方などは、寮の方で新入生向けの説明会を行いますので、こちらでの受付は以上となります。

……ようこそ第二ダンジョン学園へ」

受付のお姉さん……もう何人何十人と受付しているのに、笑顔が眩しい。このお姉さんはプロだね。

とりあえず後ろの人の邪魔にならないように列から離れる。まだ風見くんの受付が終わってないので離れた場所でしばらく待つ。

「おーい！　イノ～！」

あ、ヨウちゃんだ。もう受付を済ませて寮の方に荷物を置いてきたみたいだ。もちろん、その横にはサワくんもいる。

「ヨウちゃんにサワくん。流石に早いね。僕なんかようやく受付が終わったところなのに……」

「イノたちが遅いんだよ。たぶん、今並んでる人たちが最後だ。もうすぐ全員が集まるから、あんまりウロウロするなって、寮長の人が言ってたから」

「寮長？」

「あぁ。三年の先輩だよ。後ですぐに挨拶すると思う」

「あ、そうだ。寮の部屋割りはどうだったの？　同じ棟だった？」

「流石に私は女子棟で別だったけど、全員八号棟なのは同じ！」

「よかった。後は部屋割りか……サワくんは？」

「俺は個室というか、同室者不在の部屋だった。何でも同室予定の子が、編入をドタキャンしたらしい。その子の荷物だけ置いてある状態だった」

基本二人部屋の寮で、同室者不在の個室待遇ときたか……やっぱりサワくんには主人公とか重要キャラ疑惑があるね。学園内ではあんまり近づかない方が良いかな？

「僕はまだ風見くんの受付を待ってるけど？」

「そっか。じゃあ、私たちはちょっと探検してくる！　行こ、サワ！」

「あ、ちょっとヨウちゃん！　待ってよ！　……ゴメン、俺も行ってくる」

「うん、気を付けてね」

駆けていくヨウちゃんをサワくんが追いかける。いや～様になってるね。この後、イベント的に、上級生とか内部進級のエリート生徒とかとトラブルにならないことを祈る。


「イノ、悪いな。ようやく終わったぜ」

「おつかれ。さっきヨウちゃんとサワくんに会ったよ。寮は皆同じ棟だってさ」

「あ、何か受付の人も言ってたわ。同郷の同級生は珍しいから、仲良く頑張ってだってよ。八号棟だろ？　行こうぜ。もうクタクタだぜ」

「……まだ説明会みたいなのがあるらしいよ」

「マジかよ～やっぱりもう少し早く出るんだった……」

寮が立ち並ぶエリアに入ると、早速学生証……カードキーの提示を求められた。カードリーダーで情報を読み取り、何らかの確認をされる。

そのまま、案内の通り行くと、僕らがしばらく生活することとなる、学生寮八号棟に辿り着く。

寮に入ったらすぐに寮長を名乗る、犬塚先輩に声を掛けられた。

「ようこそ八号棟へ。俺が寮長の犬塚だ。といっても三年だから、一年間だけだけどな。君たちはイノサキにカザミで間違いないな？」

「あ、はいそうです。井ノ崎真です」

「えっと、風見楓太です」

「よし、一応ルールだから学生証を確認する。出してくれ」

そう言われて、二人共に学生証を差し出す。今度はカードリーダーじゃなくて、ボールペンのようなモノで学生証の左上にある窪みを押す。

「……よし。これで確認が取れた。部屋だけど、二人は同郷だから、学園も気を回して同室にしてくれているみたいだ。二〇四号室だな。同じく同郷のサワナリは隣の二〇三号室だ」

「あ、あの、犬塚先輩。そのボールペンみたいなのは？」

「お、これが気になるのか？　これはダンジョンテクノロジーを用いた携帯型の鑑定機だ。これで読み取ったデータが俺の脳内シナプスに転送され、諸々の確認が出来る。人相手にも使えるらしいが、寮長の権限では学生証の読み取りだけだから、安心してくれ」

わぉ。いきなり不思議テクノロジー。

一般社会でもダンジョンテクノロジーを活用したモノは溢れているらしいけど、見る限りは僕の記憶にある現代日本と変わらなかった。

脳内に直接情報を送る？　しかもこんな小さな携帯機器で？　やっぱり、ここは僕が知っている日本……というか、世界ではないみたい。

「おい！　やったなイノ、同室だってよ！」

「あ、う、うん。良かった。風見くんが同室で。サワくんも何だかんだ言っても隣で良かったよ」

「はは。とりあえず、部屋の鍵もその学生証で開くから、荷物を置いてくるといい。十五時に一階の食堂ホールで新寮生の顔合わせと説明会をするから来てくれ。十五分前には、学生証に連絡がいくようになっているけど、あまりウロウロはしないでくれよ」

この学生証、メール機能まであるのか？　ディスプレイ的なモノはないけど？

3. 親和率

クタクタの身体を引きずって僕らに割り振られた二〇四号室へ。

いや～びっくりした。凄く普通の部屋。これは良い意味。もっと狭苦しい感じを想像していた。まず、ベッドが壁の両端にあり、学習机と本棚が備え付けられている。本棚の一部には備え付けとなっている小さめのテレビまである。部屋の真ん中にはカーテンの仕切りがあるけど、カーテンで仕切った上でも、僕の記憶にある学生向けのワンルームマンションくらいの広さがある。大型のクローゼット、ミニキッチン、トイレ、ユニットバスは共用だけど、これも想像したよりもずっと質が良い。ちなみに、寮には棟ごとに共用の大浴場もあるらしい。

「……俺の部屋よりもずっと良いな。ちょっと小さいけどそれぞれにテレビもあるぞ」

「……うん。詳しくは分からないけど、備え付けの物の質も良さそう」

「これ、仕切りのカーテン開くとかなりの広さだろ。いや、カーテンで仕切っても部屋としては十分だけどよ……」

「とりあえず、荷物片づけようか？　既にベッドの上に家から送った荷物があるけど……場所も固定なのかな？」

「まぁどっちでもいいぜ。お、右側のベッドは俺の荷物だな。なら、そっちがイノのベッドな」

まだ言われていた十五時までは一時間近くあったので、各々で荷解き（にほど）をすることに。

おっと。学生証がブルブルしている。

「お、なんか点滅してるけど、押せばいいのか？」

「……たぶん。メール機能でもあるのかな？」

正直に言おう。ビビッた。

振動に加えて、学生証の端にある一部が点滅しており、そこをポチッと押すと……立体映像が出てきた。

寮長である犬塚先輩の上半身が、学校とかにある偉人の胸像みたいな感じで、学生証の上に映し出されている。……ＳＦかよ。

『新寮生は十五時までに一階の食堂ホールへ集まってください。繰り返します。新寮生は……』

もう一度、同じ場所をポチッとすると、録画的な立体映像は消えた。

「…………なぁ、コレもダンジョンテクノロジーか？」

「…………だろうね。コレ、もしかしたらリアルタイムのテレビ電話的な使い方もできるのかな？」

「……知らないけど、できそうだよな。今からそんな説明があるんだろうな……」

意表を突かれた僕たちは、残っていた荷解きをやめて部屋を出た。いや、この学生証、思ってたよりも高機能だね。他にも色んな機能がありそう。

「お、風見たちも食堂ホールに行くのか？」

「なんだよ澤成、部屋にいたのかよ。お前、一人部屋になったんだろ？　良いよな〜」

「おいおい、逆だよ。広すぎて落ち着かない。俺はイノや風見とかと同室のが良かったよ」

部屋を出たら、隣室のサワくんとタイミングが合ったみたいで、一緒に食堂ホールへ向かうことに。

「いや、何でこんなに人数がいるのに、入寮日が今日だけなのかとか思ったけど、色々と説明とかが面倒くさいんだろうな」

「この学生証を使えば、別に集まらなくても良さそうだけどよ」

「まぁ、人数が多くて全体で集まれないから、小分けに集まれるようにしてるんじゃないの？」

食堂ホールに着いたら、もう既にかなりの人数が集まっている。女子も交じっているから、八号棟の女子も男子棟に集まっているみたい。というか、この食堂ホールめちゃくちゃデカい。千人くらいは入れそう。

「ヨウちゃん！」

「あ！　サワ！　イノと風見も！」

「女子もこっちに集まるんだ？」

「え？　聞いてないの？　奇数の棟では女子側、偶数の棟は男子側に兼食堂の大ホールがあるんだって。食事は男女混合みたい」

「へぇ～じゃあ割と女子と一緒になることも多いんだ？」

「あ、朝食は別みたい。昼食は希望制で、必ず男女混合になるのは基本夕食だけだってさ。先輩たちに教えてもらったんだ」

ヨウちゃん、何気にコミュ力高いな。もう既に寮の先輩と交流しているのか。

そんなこんなで同郷組で集まって雑談していたら、十五時になり、犬塚先輩ともう一人、先輩と思われる女子生徒がホールの端にある一段上になっている壇上に出てきた。恐らく女子棟側の寮長だろうね。

『あー、テストテスト。皆、聞こえるか？』

声が学生証から聞こえる。特に操作してないのに……この学生証、もしかしなくてもプライバシーだだ漏れなんじゃ？　学園側としては監視のためだろうけど、ちょっと気になるよね。

『俺はこの八号棟、男子側の寮長で犬塚だ。女子側の寮長は横にいる斉木になる。今から、新寮生に対してのオリエンテーションを始めるが……堅苦しいものじゃなく、学生証の使い方と寮のルールの確認、あとは新寮生同士の顔合わせくらいのものだ。移動や受付での疲れもあると思うから、今日は手短にしておくが、分からないことがあれば、寮の先輩や学園の庶務課宛に問い合わせをしてくれたら良い。悪いが寮長とは言いながら、俺も斉木もダンジョンに潜っていることが多くて、ずっと寮にいるわけじゃないんだ』

という感じで、学生証の使い方を教わった。

まず、一番重要なのは、この学生証を失うとこの学園では何もできないということ。

寮室の鍵、身分証明、学園内の連絡事項の受け取り、各人との連絡ツールとしても使われている。あとは、学園内の買い物やダンジョンに潜った時のＳＯＳの発信など、この学生証は学園生活の全てに関わると言っても過言じゃなかった。

詳しい説明は授業や訓練で説明があるらしいけど、学園都市内でのキャッシュレス決済的なやり取りもこの学生証を使うとのこと。

あと、寮のルールは思いの外緩かった。門限はあってないようなもの。中等部の一年ではそこまでじゃないみたいだけど、ダンジョンに潜って日を跨ぐなんてことは日常茶飯事になるようだ。

基本は異性の部屋への出入りは禁止されているけど、別に異性側の寮棟に立ち入るだけなら制限はない。学生証での監視があるから、表立ってはうるさく言わないだけかな？

次の日、新入生に気を遣っているのか、入学式やオリエンテーションは午後からとなっていた。おかげでゆっくりと休めた。晩御飯も美味しかったし、大浴場も気持ち良かった。探索者としての授業という名の訓練さえなければ、素晴らしい施設だと思う。……訓練の日々が憂鬱だよ。

入学式といっても、人数が多過ぎるため全体で集まることはない。各寮のホールで、学生証の不思議機能により学園長と生徒会長の挨拶が流れて終わりだった。昨日の録画的なヤツじゃなくて、今日はリアルタイムの映像のようだ。

中学からの新入生だけでも三千人近い数。一クラス三十人としても、百のクラスがある計算。全体の数は、もはや学園というより都市という規模だ。学園内を移動するのにバスや路面電車が走っている。ちなみに、学園はダンジョンの研究施設という面もあり、普通に学生に交じって、企業の研究分野の大人もいるらしい。

……そして、このバスや電車、見た目は僕の知っている物だったけど、ダンジョンテクノロジーによる自動化とメンテナンスフリーが実現されているという。

学園内は学生以外の人たちも多く、学園に隣接する形で都市化しているそうだ。本来は立ち入りを制限されるはずの敷地内でも、学園関係者の家族や許可を得た人たちが日常生活を送っている。店だって多い。

実はこの辺の情報は規制されているらしく、事前の学園案内には載っていなかったし、大っぴらに公開されていない様子。まぁ公然の秘密みたいで僕以外はあまり驚いてなかった。誰か教えてくれよ。

「とりあえず、僕は八一のＥ組」

「俺も同じくＥ組だ」

「えぇ！　ここに来てバラけるの⁉　私、八一のＢ組だよぉ！」

「ヨウちゃん、落ち着いて。俺もＢ組だから……」

入学式の後、各自にクラスの情報が流れてきた。クラスは寮棟を元に分けられているみたいで、僕は『八号棟の一年Ｅ組』だから、八一のＥ組という感じのようだ。というか、クラスが違うと校舎すら違うらしい。

僕と風見くん、ヨウちゃんとサワくんで分かれた。モブ系と主人公系。

この学園ではクラスが分かれると、同じ中等部の一年といっても、カリキュラムはかなり違ってくるらしい。できればこのまま二人とは距離を置きたい。いや、ヨウちゃんもサワくんも嫌いじゃないけどね。ほら、もしゲーム的な世界だと、絶対にイベントというトラブルが付き物だからさ。

「……イノも風見も、クラスが分かれてもこのメンバーで集まろうね！」

「あ、うん。もちろん」

「別に良いけど、正直、それどころじゃなくなるんじゃね？」

「風見、そう言うなって。どうせ夕食のときに一緒になるんだからさ。ヨウちゃんをいじめるなよ」

内心で『イベントキャラと離れられてラッキー』とか思ってゴメンナサイ。

「ここだね、八一のE組。まさかここまで遠いとはね」

「この学園、めちゃくちゃ広いよなぁ。寮からバスで十五分って」

ヨウちゃん達と別れて僕たちはクラス……というかE組の校舎に到着。当然ながら、八号棟の寮生と一緒の道程だ。他のクラスとは立地というか、建物ごと別になっているとは驚いた。他の子とも話をしたら、ここはE組とF組の校舎っぽい。休み時間にちょっと隣のD組へ……ということは基本できない感じだね。

お、中は思ったより普通の教室だ。でも、八号棟からの寮生だけじゃ席が埋まらない気がする。

「お、集まっているな。とりあえず、学生証に示された席に着いてくれ」

いつの間にか教壇に二十代半ばくらいの女性が立っている。全然気付かなかった。他の生徒も同じみたいで驚いている。……隠密さんですか？

先生と思われる、この隠密女性の指示に従い、学生証に浮き上がっている席を探して着席する。

残念ながら風見くんとは席が離れた。いくら同郷とはいえ、そこまでベッタリではないか。

「え～みんな席に着いたな。まずは自己紹介だ。私はこのE組を担当する、野里澄だ。君たちはこの第二ダンジョン学園の中等部一年として本日入学した。知っているとは思うが、ここでは普通のお勉強は二の次だ。もちろん蔑ろにはしないがね。何を措いても、ここではダンジョンが第一だ。ダンジョンへ順応し、探索者となることを目指すのがこの学園の存在理由だからな。今日のところは、親和率の再測定と、この八のＥ・Ｆ組校舎の施設案内で終わりだが、明日からは早速に探索者としての訓練に入る。明日の予定は学生証に送るので、各自で確認しておくように。……ここまで何か質問はあるか？」

シンと静まりかえる教室。そんな中で一人の生徒が手を上げた。

「よし、君は確か……三枝（さえぐさ）だったな」

「……はい。先生、机がかなり余っているみたいですけど、他にもこのクラスの生徒がいるんですか？」

おぉ気になることを聞いてくれた。三枝さんか、ありがとう。

「あぁ。ここにいる君たちは本日入学した、いわば編入組だ。残りは内部進級組の席だな。後日に合流する予定となる」

「……ありがとうございます」

「……他、質問はあるか？」

三枝さんが先陣を切ってくれたからか、その後もチラホラと質問が出ていた。質問タイムが終わった後は生徒側の自己紹介タイム。まずは僕を含めてみんな、当たり障りがない無難な印象を受けた。特にクセの強い生徒はいないようで良かった。

明日から合流する内部進級組。内部進級は所謂エリート組と思っていたけど、編入組と同じカリ

キュラムなのか？　それとも、ダンジョンに行く時の保護者的な立ち位置かな？　……年間カリキュラムを見る限りでは、中等部の一年からでもガンガンダンジョンに行かされそうな気配がしている。

「次は親和率の再測定だ。ここへ来ている以上、やったことはあるだろう。向かって左端の前の席から順番にこの機器に手を当てるんだ。……ほれほれ一番目、ちゃっちゃと動く」

先生はタブレット端末のような機器を教壇にセットし、呼ばれた一番目の生徒が慌てながら前に出る。

親和率七一%、親和率八六%、親和率六九%、親和率九〇%、親和率七七%、親和率九五%……。皆の親和率を機器が測定していく。以前に測ったのは〝僕〟になる前で、確か七二%だった気がする。ヨウちゃんの九八%、サワくんの一〇五%のインパクトが強かったのはハッキリと覚えている。ちなみに風見くんは七六%だ。

このダンジョンとの親和率の一般の平均値は四二%で、親和率が五〇%を下回る人はダンジョンに入ると徐々に身体が蝕(むしば)まれていくため、そもそもダンジョンへ潜ることが許可されない。……と、言われているみたい。ただ、この世界にも陰謀論とか都市伝説的に、公表されている情報を信じるかどうかはあなた次第というところもある。

学園の編入条件は六〇%以上。親和率は成長や経験で増えることはあるらしいけど、減ることはほぼないそうだ。幼少期に一〇〇%を超える人材は学園が取り込むけれど、成長による親和率一〇〇%超えは、探索者であれば珍しくはないとも聞く。

「次。……次だ、井ノ崎」

「あ、は、はい」

危ない。ぼやっとしていた。慌てて教壇へ向かい、タブレットに右手を押し付ける。

親和率九一％。

あれ？　増えてないか？　なんで？　ん？　一瞬、先生の眼に力が入った気が……。

「……次、塩崎」

「はい」

まぁ良いか。九〇％台は他にも何人か居たし、別にそれほど特別というわけでもないだろ。

4．洗礼

ダンジョン。

魔物が徘徊し、罠も仕掛けられている。時にその内部に厳しい自然環境が再現されることもあり、まるで探索者を拒むかのような印象がある。かと思えば、宝箱が設置してあったり、魔物は有益なアイテムをドロップし、まるで探索者を誘っているかにも見える。

そんな不思議空間を探索する為の訓練を施し、一人でも多くの探索者を送り出すのがこのダンジョン学園の目的。そして、優秀な探索者を数多く抱えて、ダンジョンからの恩恵をより多く持ち帰るのが、この世界の国家間競争の一つの形なんだとさ。

ま、そんなことは分かっていた。いや、分かっていたつもりだった。

まさか、中等部の訓練初日でダンジョンダイブとはね。マジかよ。学園に来てからまだ三日しか経ってないぞ。

「よーし！　各自武器は持ったな！　今日はあくまで見学ツアーみたいなものだ！　内部進級組の十名が各班に二名ずつだ！　編入組は彼らの動きをよく見ておくように！　分かっていると思うが、ゲートを潜ればそこは我々の常識が通じない場所だ！　まずは全員しっかりと警戒するように！」

野里先生の号令により、僕らは四人一組になり、そこに内部進級組の二名を加えた六名で班を作る。で、その班ごとにダンジョンダイブするそうだ。流石に今日は、一階層をグルッと一回りして、ダンジョン内の広場で合流して終わるらしい。ちなみに風見くんとは同じ班になった。

「大丈夫です。わたしたちが皆さんを守りますから」

「そうそう。一階層なんてスライムと単体ゴブリンしかポップしないし、俺らなら目を瞑っていても問題ないから」

僕らの班を担当する内部進級組の二人。

佐久間愛佳さんと堂上伊織くん。

佐久間さんはレベル【四】の【黒魔道士：LV2】、制服の上に黒いローブに短めの杖……ロッドっていうのか？　それを持っている。見た目は正しく魔法使いだ。

堂上くんはレベル【三】の【剣士：ＬＶ２】で、鎧下に革製の胸当てに、グローブ、籠手、膝から下を守るブーツのような脛当てを身に着けている。武器はファンタジーの見本のようなショートソード。彼の体格からすると少し長めに感じる。

年齢こそ僕らと同じだけど、ダンジョンの諸々の経験としては大先輩だ。

ちなみに、僕たちのようなダンジョンに潜ったことがないような連中は、レベルはもちろん【一】で、全員が漏れなく【ルーキー：ＬＶ１】というクラスになる。この【ルーキー】のＬＶを２以上にすることで、一次職である一般クラスにチェンジできる仕組みらしい。やっぱりこういう所はゲーム的だね。このクラスＬＶは10が上限という事も判明しているらしい。

僕たちルーキー組は、全員が小盾と大振りの短剣を装備している。先生曰く『まずはソレで。違和感があれば変更して様子を見ろ』という、何とも男前な指導があった。いや、使い方とかは？　刃物だぞ。自傷とか同士討ち的な事故の心配は？

内心の反論も虚しく、僕らの班の番だ。まぁ五班しかないから順番も早い。

目の前にはダンジョンゲート。

思っていたよりも小さい。体育館の扉くらいの大きさで、その扉の形をした暗闇が広がり、外からは中の様子は覗えない。暗闇の前には、何やら透明な膜のようなモノが脈打っており、透明度の高い水面が直立しているみたいだ。

「では、次は佐久間班だな。とりあえずはパニックにならないように。もしパニックになって班からはぐれても、一階層なら大怪我をする前に救出してやるから安心しろ」

安心できるか！　……と言いたいけど、恐らく先生に嘘はない。

このダンジョンゲート付近、特異領域に入った瞬間から、野里先生から凄い圧を感じる。全員が驚いたと思う。内部進級組からも微かに圧を感じたけど、野里先生はその比じゃない。先生みたいなのが〝人外〟と呼ばれる探索者なんだろうね。

「佐久間班六名……行きます！」

佐久間さんの合図と共に、僕らは固まりながら、思い切ってダンジョンゲートを潜る。思わず目を瞑っちゃったけど、これは事前に注意されていた。ゲートを潜った瞬間、目の前に魔物がいるなんてことも有り得るそうだから、目は瞑ってはダメなんだと。

「ふふん。誰しもはじめてが怖いのは当たり前。俺らが守るから存分に怖がって良いよ。……いずれ怖がることも許されなくなるし」

緊張もあり、堂上くんの言葉の音は聞こえてるけど、内容は理解できない。

ビクビクしながら、へッピリ腰で辺りを見回してみる。他の三人のルーキーも似たりよったり。自分だけじゃなくてちょっと安心した。

「周囲の警戒後、少し落ち着いたら動きますね」

ダンジョンの一階層は、まさにダンジョン！という感じの洞窟型だった。ゲートを潜った先は大きな空洞になっており、目の前には六つの横穴……道があり、奥に続いている。

「こ、この暗い洞穴みたいな所を進むの？」

班の一人が小さく手を上げ、佐久間さんと堂上くんに尋ねる。

「ええ。でも安心してください。こちらから見ると暗いですけど、一階層は私たちが動けば、その動きに合わせて周囲も明るくなりますから。あと、分かれ道のように見えますけど、この六つの道は全て繋がっています」

「先に入った二つの班がそれぞれ行くルートに目印を付けているから、目印のない所を行く。たぶんスライムとゴブリンが数匹出てくるだけだと思う」

流石のパイセン。頼もしい感じがする。

「……風見くんは大丈夫？」

「……大丈夫に見えるかよ？　マジでチビリそうだぜ」

「まさか訓練の初日でコレとはね。ダンジョン学園、恐れ入ったよ」

「全くだ。……澤成や川神はソレでも嬉々としてそうでヤバいけどな」

「はは。あり得る」

周りを警戒しながら、風見くんと軽口を交わしていると少し落ち着いてきた。

「井ノ崎さんと風見さんでしたよね？　もしかして元々の知り合いですか？」

「へ？　あ、あぁ、俺たちは同じ学校から編入してきたから……」

「へぇ～珍しい。編入組はほとんどが初対面の人ばっかりなのに」

佐久間さんと堂上くんが交ざってきた。

「B組だけど、あと二人、同郷がいるよ」

「えぇ！　それはすごく珍しいです！」

僕らは思っていた以上に珍しいみたいだ。おとなしい委員長的キャラな佐久間さんのテンションが上がっている。

「ち、ちょっと。そんな大きな声を出しても大丈夫なの？」

そうだ。あんまり駄弁っているわけにはいかない。周りを警戒しておかないと……。

「ふぅ……佐久間、もういいでしょ？」

「そうですね。皆さん、ごめんなさい。実は一階層で魔物が出るのは通路に入ってからで、ゲートを潜った直後のこの場所に魔物は寄ってきません。これは先生から口止めされておりまして……」

「はぁ？　じゃあ初めの警戒っていうのは、訓練の一部ってことか？」

「その通りだよ。『ゲートを潜ってまず警戒！』……コレは学園の標語みたいなモノだから。ひとまずその実践ってわけ」

ちょっとホッとする。いや、ホッとしちゃダメなんだけどさ。他のルーキーも同じだったみたいで、少し場の空気が弛緩する。

「今回は、先生が言うように見学ですから。ただ『必ずゴブリンを倒す所を編入組に見せるように』と言われています」

「……ゴブリンって、あのゴブリンだよね？」

「ええ。あのゴブリンです」

佐久間さんの笑顔が怖い。

ゴブリン。

僕の知っている限りでは緑色の小鬼で邪妖精。子供くらいの体格で醜悪な顔立ちをしている。

エロエロな方面で表現されることもあったけど、この世界のダンジョンにいるゴブリンは、他種族の雌を性的に襲うようなことはない。ただただ暴力的に襲いかかってくるようだ。

どういう仕組みなのか、ダンジョンで出現するゴブリンは、ボロ切れのような腰巻きと粗末な武器を持って現れるという。まぁこのような不思議仕様はゴブリンに限ったことではないようだけど。

「……他の先生はどうか知りませんが、野里先生は『無理そうなら早めに諦める方が良い』という指導方針です。なので、いきなりで申し訳ありませんが、編入組の皆さんにはゴブリン……人型の魔物を無惨に殺める場面を目にしてもらいます」

「「…………………」」

「あ、たぶん気持ち悪くなると思っているだろうけど、逆だから。親和率が高いとさ、全然気持ち悪くないんだ。人型の魔物の惨殺現場を見ても、何も感じないことも多いから。はじめての場合はさ、そんな〝何も感じない自分〟にショックを受ける方が多いんだ」

さらっとヤバそうな情報が出た。親和率ってそんな効果があるのね。

「……では、そろそろ行きましょうか。先頭は堂上くんで後ろは私。編入組の皆さんは間に二列でお願いします」

僕らは無言で指示に従う。心の準備とかの時間的余裕はくれないみたい。

堂上くんはその軽薄そうな見た目とは違い、かなりの堅実派のようだ。僕らへも配慮してくれており、ダンジョンを進む際に必ず後ろを確認している。逆に真面目な委員長っぽい見た目の佐久間さんは、割と大雑把な様子。今も横を向いて欠伸(あくび)とかしているし。……余裕の表れと思っておこう。

僕らのペースに極力合わせてくれており、ソロリソロリと一本道を進んでいくと、ある地点で堂上くんが立ち止まった。左手を軽く上げて、僕らにも止まるように無言の指示を出す。……いよいよか。

「前方二十メートルにゴブリン一匹。……お目当てのヤツだ」

出た。

僕らの周囲は何故(なぜ)か明るいけど、二十メートル先は暗がりで、何があるのかまでは見えない。でも、ナニかが動いているのは分かる。薄(うっす)らと獣のような臭いも漂っている。

「……佐久間、どうする?」

「そうですね。先生のオーダー通り、あのゴブリンをなるべく残虐に血祭りにあげましょうか。ここは、私より堂上くんの剣の方が直接的で良いかと……」

二人とも落ち着いているね。ゴブリン一匹程度は相手にならないみたい。ただ、佐久間さんの話す内容が怖いんだけど。

「よし。まず俺があのゴブリンの片腕を切り飛ばしてくる。一階層の魔物は、基本的に逃げないんだ。だから敵(かな)わないとしても絶対に俺を追いかけてくる。編入組がじっくりと観察できる距離まできたら……ズタズタに斬殺する」

うん。堂上くんの発言も物騒だった。でも、これが探索者としては常識なんだろうね。でもちょっと待って。内部進級組とは言ってもさ、まだこの二人も中学一年だよね？　……教育って怖い。

僕らの心の準備とかの配慮はなく、いきなり堂上くんが駆け出す。かなりのスピードだ。ほんの数秒でゴブリンに接敵して、その周囲が明るくなり、ルーキー組にもゴブリンの姿がハッキリと確認できた。

ゴブリンの姿は想像通りだった。暗い緑色の肌で身長は百三十センチくらい。僕らよりも頭一つ小さい。ただ、その顔立ちは凶相が張り付いており、長い舌がギザギザだらけの歯から出ている。いや、歯というよりも牙に近い。

その姿は想像通りだけど、僕は想像以上の衝撃を受けた。

嫌な感じがしない。

ゴブリンの醜悪な姿を目の当たりにしても、嫌悪感で顔を顰（しか）めるようなこともない。逆に『楽勝！　ポイントゲットだ！』なんて事が頭をよぎった。これがダンジョンとの親和率の効果なのか？

でも、周りを見ると、ルーキー組は青ざめている。風見くんもだ。

え？　ゲーム感覚なのは僕だけな感じ？

「ふッ！」

堂上くんが、ショートソードを担ぐように構えながら駆ける。そして、間合いに入ると同時に振り降ろした瞬間、ゴブリンの右腕の肘付近から先が失われる。それは本当に一瞬の出来事で、気が付いたらゴブリンの右腕が地面を転がっていた感じだ。

一撃後、堂上くんはすぐに振り返ってこちらへ駆けてくる。当のゴブリンは、痛みなのか威嚇なのか、ギャーギャー叫びながら、背を向けた堂上くんを追ってくる。

しかし、その足元はヨタつき、斬られた右肘付近から暗い紫色の血を撒き散らしており、傍目にもダメージは深刻なようだ。

「そろそろ来ます。編入組の皆さんはその場を動かず、ゴブリンが絶命するまでを目に焼き付けてください！」

佐久間さんの檄が飛ぶ。

堂上くんがスライディング気味に僕らの目の前で静止し、すぐに体勢を整えてゴブリンに向き直る。遅れながらゴブリンもここへ来るってことだ。

「ひッ！」

「うおッ！」

「あ、あれがゴブリン……」

遅れること数秒。堂上くんの動きが止まったためか、ゴブリンも三メートルくらいの距離を置いて止まった。近い。改めてゴブリンの姿を目にして、ルーキー組はビビりまくりだよ。

「……ギ、ギギーッ！」

「《スラッシュ》！」

ゴブリンが前のめりでタメを作り、飛び掛かるほんの一瞬前。堂上くんの剣が、ゴブリンの足を膝付近で両断していた。今のはスキルか？　横薙ぎの剣に薄い黄色のオーラ的なエフェクトが掛かっていた。

「ギガッ⁉」

自分の身に何が起きたのかも理解できないのか、両足を失った片腕のゴブリンが僕らの前に転がる。

「ふぅ。こんなところかな？」

「では、残りの腕は私が………《アロー》！」

佐久間さんがロッドを向けて叫ぶと、ロッドの先端の十センチほど先の空中に光が集まり、一瞬の間の後、矢のように射出される。こっちは魔法スキルか。

ぼんやりとその光景を眺めながら『発動までにタメがあるなら、少し使い勝手を考えないとダメだな』なんていう事を冷静に考えていた。いや、僕は急にどうしちゃったんだ？

順当な予想通り、佐久間さんの魔法は残っていたゴブリンの左腕を消し飛ばす。憐れゴブリン達磨の出来上がり……って酷いな。

ルーキー組を見やると顔面蒼白だ。でも、特に目を逸らしたりする訳でもない。

「ガガッ！　グギャボッ‼」

ゴブリンは紫色の血を垂れ流し、叫びながらジタバタしている。

「はい！　このまま堂上くんがゴブリンを生きながら解体しますので！　皆さんよく見ておいて下さいね！」

……猟奇的だ。

5．呼出

結論から言おう。

僕はおかしい。

いや、前世だか異世界だかの記憶がある時点でおかしいんだけどさ。

あの後、生きたままのゴブリン解体ショーという、絶対に公共の電波には乗せられないモノをルーキー四人で見学していたんだけど……堂上くんが言っていたように、ゴブリンが泣き叫んだり、その叫びが徐々に弱くなっていく過程だったり、グロテスクな内臓や紫色の血だったり……そんな諸々に対して、あまり忌避感は無かった。これは四人全員に共通していた。

ダンジョンへの親和率というのが高ければ高い程、魔物へのグロ耐性が付くそうだ。事実、流石にこれはやり過ぎじゃね？　というゴブリン解体ショーに対しても、平静な心持ちで眺めていることができた。いや、あんな残虐なことをスルーできるという、その事実にみんなビックリしていたね。

ちなみに、ダンジョン内の魔物は、絶命してしばらくすると光の粒になって消えるため、その場に死体は残らない。仮に返り血を浴びていても、当該の魔物が絶命すると血や体液なども一緒に光の粒として消える仕様で、衣類のシミや頑固汚れになったりはしない。その後、運次第でドロップアイテムなどが残されるらしい。本当にゲーム的だ。

で、残虐スルーとは別に、僕はやはり何処かおかしかった。親和率だけでは説明できないような冷静さがあったんだ。状況を俯瞰的に見ているというか……いや、ハッキリ言おう。

ゲームのプレイ動画を観ているようだった。

そう。堂上くん、佐久間さん、ゴブリン。それらの動きをゲームのように感じていたんだ。そして、自分自身のことすら、まるで〝プレイヤーが操るアバター〟のような感覚だった。一度自分をそう認識すると、どうしてもその考えが離れない。

厄介なのは、アバターである自分を操るのも僕自身だということ。この感覚、一歩間違えるとダンジョン内であっけない死を招きそうだ。

あ、もう既に〝ダンジョンで活動することが前提〟になってる。なんだこの感じ？　僕は探索者になることを望んでいなかったハズなのにさ。自分の事がよく分からないや。

「これでE組は全員、ゴブリンの残虐解体ショーを目に焼き付けたみたいだな」

ゲートを潜った直後にあった六つの分岐。その分岐が合流する、第一階層の中間地点となる広場。

そこに集まった、編入組の二十名と内部進級組の十名。それぞれを野里先生が確認している。編入組のルーキーは総じて表情が暗い。当たり前か。

「先に種明かしをしよう。このダンジョン学園では、探索者の育成というのはA・B組のことを指す。つまり、CからH組は、厳密には探索者の養成カリキュラムを受けない。ここにいるE組の諸君は、そもそも初めから探索者の養成から切り離されている」

「「…………」」

驚きだね。いや、探索者を目指す上で脱落者も多いだろうとは考えていたけど、まさか最初から切り離されていたとはね。一体どういう仕組みなんだ？

「あまり公にはなっていない情報だが……ダンジョンテクノロジーを用いた機器やダンジョンからの発掘品は、ある程度の親和率がないと十全に使いこなすことができない。つまり、一般社会に技術を広めようにも、絶対的多数である親和率五〇％未満の一般人には、ダンジョンテクノロジーを使いこなすことが難しいという状況が生まれている」

野里先生がゆっくりと噛んで含めるように僕らを見渡しながら説明している。なるほど、探索者にならない者は、ダンジョンの謎テクノロジーの担い手ってことか。

「勘の良い者は気付いたかもしれんが、CからH組は、一般人が使用できないダンジョンテクノロジーを十全に活用できる者として、この学園の運営やダンジョン管理、研究などを行う人材として期待されている」

ダンジョン関連の仕事を担う予備軍ってことね。

「念のために伝えておくが、何もランダムで選んでいる訳ではないからな？　親和率の測定後、諸君は指定の医療機関での各種の検査、健康診断を受けたはずだ。学園の選定はその時点から始まっていた。検査データや検体、聞き取りなどで各々の情報を調べ、性格的に探索者に向かない者、魔物との戦闘において能力的に不安がある者、探索者を希望していない者、ダンジョンでの成長（レベルアップ）の限界値が低い者、他の領域で能力が突出している者……などなど。このような者はA・B組に選ばれないようにコントロールされている。どうだ？　それぞれに心当たりはあるんじゃないか？」

「「…………」」

そう言われてみれば確かにそうだ。少なくとも僕と風見くんは完全に当て嵌まる。だって、そもそも僕達は探索者になることを望んでいなかったし。

周りを見渡すと、先生の話にうんうんと頷（うなず）いている編入組の子も多い。内部進級組はちょっと違うみたいだけど。

「もう一つ種明かしをすれば、私は本来のE組担任ではなく、中等部までの一部のA・B組で、戦闘系科目の指導教官をしている。そして、今日付き合ってもらった内部進級組はB組の生徒たちだ。

E組の諸君には、今日の出来事、自分の性質を改めて考えて欲しい。結果として、それでもやはり探索者を目指したいというなら、本格的に探索者養成を行うA・B組に移るのも検討する。……とりあえず、こちらから伝えることは以上だ。明日は一日休みとする。明後日（あさって）、改めて各人の意向を聞くことになるから、そのつもりでいて欲しい」

なるほどね。今回のゴブリン解体ショーは、僕たちに改めてダンジョンや探索者の一面を強く見せることで、進路を考えさせる……というか誘導する為だったんだな。

個人的には裏方も悪くない。……はずだ。

大人たちが言っていた『将来の役に立つ』っていうのは、こういう事情を知っていたのかな？

この学園やダンジョン管理関係で手に職を付けて就職できるなら、確かに将来は安泰だろうさ。

「ひとまずダンジョンから帰還する。帰還石というアイテムを使うから、私の周囲にできるだけ近づいてくれ」


その後、僕たちはダンジョンの不思議アイテムで、ゲート前まで戻り、そのまま解散となった。

まだ出会って三日だけど、クラスメイトとして、ゴブリンの解体ショーを一緒に体験した仲として、あちこちで相談する声が聞こえる。やはり初めから選別されていた為か、他の子たちからは今回の学園の仕打ちに対して、あまり否定的な声は出ていないみたいだ。

「……なぁイノ。お前はどうするんだ？」

「う～ん……ちょっと悩むなぁ。今回のダンジョン体験で、割と探索者も良いかも？　……とか思ったりもしたんだよね。……そういう風見くんは？」

「お前マジかよ……。俺は素直に裏方に回ろうかと思ってるぜ。探索者になりたいとは思わんけど、ダンジョンテクノロジーとかアイテムとかには興味あるしよ。そういう方面の進路があれば希望しようかと思ってる」

小太りでガキ大将的な見た目の風見くんが技術屋志望とは。いや、見た目に関しては僕の偏見だから別に良いんだけど。

それにしても僕は変だ。どういう訳かダンジョンでの活動に惹かれている。もしかして、これがゲーム的な強制力とかなのかな？

「口止めとかされてないし、寮に戻った後で家族に連絡しようかな？」

「だな。俺もそうするぜ。まぁ母ちゃんは諸手を上げて賛成しそうだけどよ」

「そりゃ親としたら、危険の伴う探索者を目指すよりは良いだろうね。それに、僕らが探索者になりたくないのは分かっていたと思うし……」

路面電車の停留所まで歩きながら、風見くんとそんな話をしていると、僕の学生証からリズミカルな機械音が鳴った。学園からの連絡事項？

「なんかメールみたいなの受信したんだけど……」

「俺には来てないぞ？」

とりあえず、点滅している所をポチッとすると、例のホログラム的な感じで文字が浮かび上がってきた。……いや、このメール機能、目立つ上に他の人にも見えるから情報ダダ漏れじゃん。

「う〜ん？　何か呼び出しみたい。Ｅ組の校舎の方へ来いってさ。ほら、これ」

「へぇーイノだけか？　……というか見せられても文字化けして読めんぞ？　なんだコレ？」

僕の学生証のメール情報は風見くんには読めないらしい。持ち主以外は情報が読み取れない仕様？　地味に凄いな、ダンジョンテクノロジー。疑って悪かったよ。

「呼び出しみたいだし、行ってくるよ」

「おう。先に寮の方へ戻ってる。澤成が戻ってたらちょっと話をしとくわ」

風見くんと一旦別れ、来た道を少し引き返す。さっきのダンジョンゲートの方じゃなくて、校舎へ向かう分岐を進むんだけど、同じ方向へ行く生徒が見当たらない。もしかして呼び出しは僕だけなのか？　一体何の用だろう？　前世の記憶とかがバレたとか？　はは。まさかね。

「井ノ崎だな？　はじめてのダンジョンダイブで疲れているだろうに悪いな。こっちだ。ついて来てくれ」

校舎に到着すると野里先生……もとい教官？が待ち構えていた。あ～何だか嫌な予感。かと言って断れる筈もなく、素直に先生だか教官だかの後をついていくと、とある部屋に案内された。

部屋の中はキレイに片付いた書斎のような雰囲気だったけど、少し埃っぽい。どうやら頻繁に使用されている部屋じゃなさそうだ。聞けば、先生たちに割り振られた個人作業用の部屋らしい。ここはまだ使用者が決まっていない部屋だそうだ。……勝手に使ってる訳じゃないよね？

「あまり使われてないから少し空気は悪いが……。とりあえず掛けてくれ」

勧められて、高級そうな三人掛けのソファに腰を下ろす。先生はローテーブルを挟んだ正面に座る。手にはタブレット。たぶん、昨日使っていた親和率を測定するヤツだ。

「色々と聞きたいこともあるだろうが、ひとまずは親和率をもう一度測定させて欲しい。手を出してくれないか？」

「は、はぁ……」

言われるままに差し出されたタブレットの上に手を置く。ピピッという電子音と共に表示されたのは……親和率一〇八％。

わーまた上がってるー遂にサワくん超えだーいやーびっくりだなーこんなに簡単に上がるんだーあははは。

…………ふう。これが呼び出された理由か。

詳しいことはまだ分からないけど、先生の雰囲気からすると、親和率がこんな風に上昇するのは珍しいみたいだね。

「……コレってやっぱりおかしいんですか？」

「……あぁ、少なくともありふれた現象ではない。ところで、井ノ崎は親和率についてどれだけ知っている？」

「え？　ええっと……確か六〇％を上回らないとダンジョン学園に編入できないのと、小学校入学前に一〇〇％超えだと学園に引き抜かれる……とか？」

「そんな認識か……まぁ普通だな。一応伝えておくが、今から話す内容は機密事項なので口外はしないように頼む。まず、ダンジョンとの親和率というのは、我々が勝手に言っていることであり、本来は『ダンジョンが望む人材の指標』だそうだ。詳しくは聞くな。私も深い部分は知らされていないからな。とりあえず、六〇％を超えると、ダンジョン内の出来事に耐性が付くというのが現在の見解だ。これは、ゴブリン解体ショーを間近で目撃しても、親和率が高いとＰＴＳＤを発症しないとかだな。そして、この親和率というのは大幅に増減することはないと言われている」

「え？　でも、増えることはあるから、探索者で一〇〇％超えは珍しくないって……」

「確かにな。ダンジョン内での累計活動時間が長くなれば、徐々に親和率は増えていくというのも事実だ。しかし井ノ崎、君は違うだろ？　それに増えるといっても、年単位で二～五％程度の幅だ。一回のダンジョンダイブで一〇％以上増えるのは明らかに異常。そもそも入学の際の資料では、君の親和率は七二％だったはずだ。昨日の時点で九一％であり、ダンジョン内で活動していないにもかかわらず一九％の上昇がみられたな。それとも君は、違法なダンジョンダイブを繰り返していたのか？　違うだろう？」

おふぅ。思ったよりも異常なことだったみたいだ。前世の記憶とかじゃなくて、普通に測定データで異常が出るとはね。いや、そもそも『ダンジョンが望む人材の指標』ってなんだ？　ダンジョンそのものに意思があるのか？

「……それで、僕はどうなるんですか？」

「まぁ待て待て、そう焦るな。……実はなぁ～一つだけ親和率の大幅な増加に関して、資料にて見解が残されている現象があるんだぁ～」

野里澄先生。

一見、スラッと背が高いモデル系な美人さんだけど、恐らく、脱いだらスゴイ系（筋肉）だね。何というか凄みがあるし、まるで野生の獣のような空気を纏(まと)っている。

で、そんな野里先生の口角が上がるわけだよ。嫌な含みしか感じない笑顔だ。

あー嫌だ嫌だ。こんな笑顔をする大人にはなりたくないね。まったく。

「……もう帰っても良いですかね？」

「はは！　良い度胸してるじゃないか。まぁ聞け。私も学園で働くようになって三年程だし、実際に会ったことはないんだが……『超越者（プレイヤー）』という存在がいるんだよ」

6．超越者（プレイヤー）

「プ、超越者（プレイヤー）ですか……？　い、一体どんな存在なんです？」

なんかヤバい流れだ。もしかして、僕みたいなのが過去に存在したのか？　……違う。過去に限らない。僕という実例があるんだから、同じような状況の人が現在進行系で他にいてもおかしくはない。いや待て、そもそも超越者（プレイヤー）って何なんだ？　僕がそうだと決まった訳でもない。落ち着け。まだ慌てるような時間じゃない。

「井ノ崎。私はな、この学園では教師ではなく、魔物との戦いを教える戦闘科目の指導教官として在席している。だがな、それはあくまでも副業であり、本業は探索者なんだ。……そう。今ではダンジョンから資源を持ち帰る、探索者という〝職業〟が成り立つほどだが、人類がダンジョンと遭遇して一世紀が過ぎた今でも、ダンジョン自体は依然として未知の存在だ」

「え、えっと……？　先生？」

「黙って聞いてろ。……ある研究によると、世界中のダンジョンは繋がっており、最深部と言える場所はたった一つだそうだ。そして、ダンジョンは意思を持っており、その意思は人類と直接的なコンタクトを図るために、最深部に辿り着き得る人類を選別しているんだとさ」

先生がいきなりよく解らない話をし始めた。ＮＰＣが脈絡もなく世界設定の説明をしているのか？

「……えっと、その選別方法が親和率だと？」

「まぁ与太話の一つだがな。しかし、ダンジョンが未知の存在であると同時に、探索者にも謎は多い。ダンジョンで活動したり、ダンジョンテクノロジーを解明しようとしたりすると成長するのは何故だ？　何故【クラス】による恩恵を受けたり、《スキル》を使うことができる？」

いや、知らんがな。そもそも、そんなことは探索者である貴女（あなた）の方が知ってるでしょうに。

「……それらの秘密を解くヒントを携えた探索者が、一九四五年に起きたダンジョンブレイクの際に現れた。ダンジョンから吐き出された夥（おびただ）しい数の魔物の大暴走。それらを鎮圧した探索者たちの中にその人物はいたそうだ。現在でも最上級の機密事項であり、その探索者の名前、年齢、性別、容姿、体格、使用していたスキル、当時のクラスやレベルなど、その正体に繋がりかねない情報は一切が伏せられている。少なくとも、私の持つ権限で閲覧できる情報ではない」

一九四五年か。僕の記憶にある向こうの世界では、第二次世界大戦末期のあの惨劇だ。

この世界では、ダンジョンとのファーストコンタクトの地であるサラエボと同じように、ダンジョン災害での都市壊滅の歴史となっている。こっちの教科書でも見た覚えがある。

その災害の地、そこに現れた探索者が超越者（プレイヤー）なのか。

「…………」

「その人物Xは、他の探索者とは明確に違っていた。まず、普通ならあり得ない、物理戦闘クラスと魔法クラスの双方へクラスチェンジすることができた上、クラスチェンジ後も、以前に会得した系統違いのスキルを一部使用する事ができたのだという。更に、通常なら五〇まで測定できるはずの成長限界が測定不能であり、アイテムを用いずに無限収納を使用していたそうだ」

聞く限りでは、ゲームのプレイヤーキャラとしては普通だ。育成に自由度があったり、インベントリが初期設定だとか……。というか、こっちの世界では結構制限があるみたいだね。ダンジョンの不思議システムで、ゲームとかと同じように処理されているのかと思っていた。

ダンジョンを探索して魔物を倒す。魔物の死体は消えて、確率でアイテムをドロップする。こんな仕様なのに、初期設定でインベントリなしとか……荷物の持ち運びだけで大変そう。ダンジョン内を動き回るにしても、食料とか水も必要だろうし……。

「……本当なら凄い話ですけど、そんな探索者は噂でも聞いたことがありませんけど？」

「それもそうだ。いきなりこんな話を聞かされたら、私だって都市伝説、フィクションの類だと思うさ。……だが、その人物Xは実在し、公的な記録にも残っている。既に亡くなっているという噂だが、日本のダンジョン管理や学園の創設にも関与しており、この日本で、今も使われているダンジョン探索の指導マニュアルを作成したのも同じ人物だ。その他にも、ダンジョンの存在意義、探索者の役割とその謎についての考察なども詳細に記録を残している。まぁそれらは最重要機密として厳重に保管されており、私のような学園付きの指導教官であっても容易に触れられないがね」

そんな凄い人物が過去にいたと。

僕がこの情報を聞けば、そりゃ確かにゲーム的な〝プレイヤー〟の存在を疑うだろうさ。でも、こっちの世界の人たちからすると、ただの偉人というか、凄い才能を持った人という認識なんじゃ？　僕の親和率の増加とは結局どう繋がる？

「……先生。結局、その凄い探索者が超越者（プレイヤー）という存在なんですか？　あと、僕の親和率は……？」

「ふふ。その人物Xは『短期間で親和率が大幅に増大する』という特徴もあったそうで、最終的には一〇〇〇%を超えたとか測定不能になったとか……。あと、今現在の公式な世界最高レベルは【三五】だが、人物Xは五十年以上前に既にレベル【一〇〇】を超えていたのでは？　……などなどの逸話がある。そして、その人物Xは他を超越するその理由を問われると『〝プレイヤー〟だからとしか言えない』と答えていたそうでな。以来、他と隔絶、超越する者を〝超越者（プレイヤー）〟と呼ぶ習わしが密（ひそ）かにできたらしい。また、人物Xが日本に現れた同時期、世界各国でもダンジョン絡みの開発や整備が一気に進んだこともあり、超越者（プレイヤー）は他国にもいた、あるいはいるというのが関係者の見解だ」

「…………………」

「…………………」

しばしの沈黙。

え？　それだけ？　親和率が短期間で増加という、特徴のほんの一部が同じだから？

いやいやいやいや。ちょっと待ってよ。何の実績もない僕と、その偉人である超越者（プレイヤー）を繋げて考えるのは流石に無理があるでしょ？　そりゃ僕からしたら心当たり的なモノはあるけどさ。この乏しい根拠なら別に言い逃れできるんじゃね？

「………結局のところ先生。あ、教官と呼んだ方が良いですか？」

「……そうだな。新入生への種明かし以外、いつもは教官と呼ばれているから、教官で頼む」

「改めて野里教官。結局、僕を呼び出したのは何故なんですか？　僕がそんな機密扱いの偉人と同じだと？」

「同じだとは言わんさ。ただ〝今は〟親和率の大幅な増加だけじゃない。井ノ崎、お前はナニか隠しているな？　いや、いちいち否定はするな。無駄だ。こうやって対面して分かった。それにだ、実は昨日の時点で私には直感があった。だから、お前の入学の際に検体として送られた血液などを改めて調べさせてもらった。いやぁ、新入生の検体は既に破棄が始まっていたからなぁ～井ノ崎の検体が無事で良かったぞ～」

何だよこの人。意味が分からないんだけど……もしかして電波ちゃんなのか？　その含みのあるニヤニヤ笑いをやめろ。

「なぁ。お前は進路をどうするつもりだ？　学園の調査はかなり力を入れており、その結果は精密だ。さっきの訓練では可能性を示したが、Ａ・Ｂ組に振り分けられなかった者が、今更探索者を目指したいと言ったところで学園は相手にしない。なんだかんだと学園が望む人材育成コースになるだろう」

「…………」

そんなことだろうとは思った。学園の指示に従うしかないんだろうね。

不思議だ。

今まで……ダンジョンに入ってゴブリンをこの目で見るまでは……探索者なんかまっぴら御免だと。このゲーム的な世界、主人公や重要キャラの騒動(イベント)に巻き込まれたくない……なんて風に考えていたのに。

今は探索者云々(うんぬん)じゃなく、ただただダンジョンに潜ることに心惹かれている僕がいる。

もしかすると、これがゲーム的な強制力じゃないかと疑ってもいる。いや、教官の話を聞いてほぼ確信していると言ってもいい。

このゲーム的な世界で、僕はたぶん〝超越者(プレイヤー)〟なんだろう。あるいは超越者(プレイヤー)の操作するアバターか。

「……学園が僕たちの進路を定めているなら、それに従うまでですけど？」

「そうか。……少し嘘が交じっていそうだが、本音ではあるようだな。それで、さっきの話の続きだが、井ノ崎の検体を調べたと言ったな？　その結果を教えてやろう」

「……聞かないという選択肢はないんですか？」

「そうか、そんなにも気になるか！」

聞けよ人の話！　この教官のニヤニヤ笑い、腹立つわー！

「聞いて驚け！　同じ検体のはずなのに結果が違っていた！　いや変化していたと言うべきか！　まず、成長の限界値は【一二】だったはずが、なんと測定不能だ！　つまり、お前の成長限界値は最低でも【五〇】以上ということだ！　親和率ならともかく、成長限界値が変化する事例など聞いたことがない！」

　楽しそうだね。なんだろう。美人にドヤ顔でニヤニヤされると、こんなにも腹が立つモノなんだね。新発見だ。

「だからどうしたんですか？　学園の人材育成コースはもう決まっているんでしょ？」

「なぁ井ノ崎。お前には分からないかも知れないが……実は私もかなりヤバい橋を渡っているんだ。持ち出し禁止の破棄されるはずの生徒の検体を外部へ持ち出し、倫理上の問題から、許可がないと違法となる成長限界測定を勝手に行ったりしてな。ちなみに、正規の測定器なら今では成長限界をレベル【一〇〇】まで計測できるが、今回使用したのは旧式とはいえ違法な横流し品だったりする。な、ここまで言えば私がマズいことをしている事くらいは分かるだろ？」

　知らんがな。これをそのまま学園にチクってやろうか？　いや、そうなれば僕の存在も公になる。ヤバい橋を渡っているということは、この野里教官は学園を通さず僕に接触しているということだ。何となく読めてきた。

「……それで？　教官は僕に何を望んでいるんですか？　少なくとも学園には言えないことですよね？　学園の意向に逆らっている以上は」

「ははッ！　ガキだと思っていたが、なかなか話が分かるじゃないか！　そうだ。私はお前……いや君に頼みがある。当然学園には内密にな。その代わりと言っては何だが、私も君のことは秘密にするし、君が望むことに対して可能な範囲で協力も惜しまない。……それでだ、私のその頼みというのはだな…………」

「遅かったな、イノ。何の呼び出しだったんだ?」

「……昨日の親和率の測定で不具合があったみたい。数値がおかしかったから、改めて再測定だってさ。先生が測定器を準備するのを待ってて遅くなったんだ」

「あぁ昨日のヤツか。なんかおかしいとは思ってたんだよな。イノ、確か俺と同じくらいだったもんな」

「そうそう。結局、測定器に不具合があったみたい。さっき測定したら前と同じだったよ」

何だろう。風見くんに嘘をつくのは心が痛い。自分で思っていたより、僕は風見くんのことが好きなようだ。ヨウちゃんやサワくんになら、割と軽く嘘をつけそうな気配があるんだけどね。

「風見くんは家族と相談はしたの?」

「ああ。予想通り母ちゃんは大賛成だってよ。『斜に構えててもアンタは優しい子だから、魔物相手に斬った張ったは無理だ』ってさ。いや、実際そうなんだけど、ハッキリ言われるとアレだな……」

ゴブリンとの戦闘から解体ショーまでを目の当たりにし、流石に自分の向き不向きを認識して素直になっているようだ。ちょっと照れ臭いみたいだけど。

「……さっきはあんなこと言ったけど、やっぱり僕も探索者以外の進路にするよ。待っている間、先生からも色々と話を聞いてさ。僕には無理そうだと思ったね。多分、ヨウちゃんやサワくんみたいな人じゃないと探索者に向いてないいんだろうね」

「そうだよな。あの二人はホント、探索者に向いてると思うぜ。で、さっきちょっと澤成とも話をしたんだけど、B組は普通に座学で説明を受けたってよ。聞いた話じゃ、今から一ヵ月くらいかけて、ゴブリン解体ショー的なことがアチコチで行われるらしい。それが一通り終わってから、C組からH組は再編されるんだってよ。人によっては寮棟ごと替わることもあるらしいぜ。……せっかく一緒だったのに、イノと別の組や寮になるのはちょっとなぁ～」

野里教官から、僕もその辺りのことは聞いていた。この入学から組の再編成による大移動までが、学園の毎年の風物詩だそうだ。

その際に生徒の個人的な荷物が入るか入らないか程度の「収納袋」が支給されるらしい。これは、ダンジョンテクノロジーによる量産品で、所謂劣化インベントリ。この場合は劣化アイテムボックスと言った方が正確かも知れない。

この収納袋を手にすることが、本格的な学園での生活のスタートと言っても過言ではないらしい。何故こんな回りくどいことをするのかは分からないけど、このやり方も例の人物Xが雛型(ひながた)を作ったんだってさ。

風見くんと離れ離れになるのは確かに寂しい。でもゴメンよ。僕の寮棟が替わることも、H組に割り振られるというのも、今の時点でもう決まっているんだ。

それが教官の目的のために必要なことだからね。

第二章　ダンジョンへ

1．再編

野里澄教官に見つかってから半年が過ぎた。

僕は教官との密約通りに動いている。というか、教官が裏から手を回した結果に従っている状況だね。

まず、十号棟の寮へ移ることになり、同室者がいない部屋が割り当てられた。

進路としては「発掘品、ドロップアイテム関連」がメインのH組になった。

ちなみに、A・B組は「探索者」、C組は「ダンジョン内活動」、D組は「武器や防具関連」、僕や風見くんが初めに振り分けられていたE組は「アイテム関連」、F組は「スキル関連」、G組は「ダンジョン全般の研究」、H組は「発掘品、ドロップアイテム関連」となっている。

ただ、組によって傾向はあるとはいえ、他と重なっている分野もあるし、全てに共通するカリキュラムだってある。当然のことながら、義務教育課程の勉強はみんな共通だしね。

その中でもH組は「その他組」とも言われているらしい。アイテム関連はE組がメインだ。

基本的に親和率が一定以上はあるけど、得意分野がなかったりダンジョン関係に興味がない子たちが割り振られるという噂だ。まぁ教官が言うくらいだから真実が交ざっているとは思う。

なので、授業は普通に中学校の学習がメインで、学園の独自カリキュラムは「ドロップアイテムの検定作業」くらいだ。

あと、大幅な編成のやり直しのどさくさ紛れで、僕たちは教官や先輩たちにダンジョンへ連れて行ってもらい、パワーレベリング的にレベル【二】にしてもらった。たとえ【一】レベルとは言え、レベルアップの恩恵は凄かったね。

レベル【二】の状態で特異領域内にて勉強すると、もの凄く効率が良い。もしかすると、本当に頭が良い人っていうのは、この状態が基本なのか？　なんてことを考えると、そりゃ差が拡がるのも当然だと実感した。

なので、義務教育課程の勉強は週三日、半日だけとか、そんな感じだ。それでも半年でほとんどの子が中学一年生の課程をほぼ消化している。

この調子で勉強すると、僕みたいな平々凡々な頭脳でも一角の人物になれそうだ。このダンジョン学園が、世間からはエリートの集まり扱いされるのも分かる。

実態としては、優秀な人が集まるんじゃなくて、学園で半強制的に成績を良くするって訳だ。ビバ！　ダンジョンドーピング。

まぁ諸々の理由から、僕が所属するH組はかなり時間の余裕がある。本来はその与えられた時間で、各々が興味を引かれる分野を見つけるというのがこの組の主旨となるようだ。そのためか、クラスメイトたちとも一緒に何らかの活動をしない限り、あまり仲良くもなれない。ただ、この組に割り振られる子たちは、割と自由気ままな性質も加味されているのか、別にそれでも問題はない感じだ。

時間的な余裕。

あまり詮索されない環境。

僕がこの二つを得ることが、教官の目的には必要だった。

「僕が言うのもなんですけど……教官って割とヒマなんですか？」

「ヒマな訳ないだろうが。元々探索者が本業だと言っただろ？　そもそも学園の教官としては、仕事の振り当てが多くなかったんだ。教官として忙しいのは、新入生を篩に掛けたり、ダンジョン内で実習があるような時期だけだ」

日課であるダンジョンダイブ。

不定期で野里教官から継続的に指導を受けているけれど、最近はその頻度が高い。

僕と教官との取引の一つがコレだ。

「ふむ。ゴブリン単体相手なら、もう後れを取るようなことはないみたいだな」

「ええ。一階層のゴブリン相手なら素手でもいけますね。でも、同じゴブリンでも階層によって違いがあるんでしょ？」

「そうだ。特に五階層以降に出現するゴブリンは、姿形こそ同じだが、その強さや賢さは比ではない。マニュアルで指摘されているにもかかわらず、油断から多くの探索者が命を散らしている。

……ほら、そんなことを言っているとまた出たぞ」

教官の言葉通り、右方向の通路から足音と何かが這うような音が聞こえてくる。

ゴブリンとスライムのペア。配置はゴブリンが前、スライムが後ろのようだ。

僕は大振りな短剣を脱力した状態で構えながら、まずはゴブリンに向かって駆ける。

相手が気付く前にできるだけ距離を縮める。今の僕に、気付かれる前に一撃を加えるほどの速度はない。でも、ゴブリンがちょっとビックリする位の速さで踏み込むことはできる。

「ギガッ⁉」

ゴブリンが慌てて振り回す、その粗末な棍棒を掻い潜って短剣で一閃。

まだ首を両断するほどの力や鋭さはない。でも、喉を掻っ捌いたので致命傷だ。哀れなゴブリンは紫色の血を口からも吐き出しながら、ガボガボと苦しげに溺れる。もうまともに動けない。次はスライムの方だ。

スライム。

ドロドロの粘液状の魔物。別名はダンジョンの掃除屋。

絶命すると魔物たちは光の粒になって消えるけれど、人間はそうじゃないし、人間がダンジョンに持ち込んだ物品も同じだ。そういった物を取り込み、時間をかけて溶かしていくのがこのスライムたちだと言われている。

接敵すると、身体ごと体当たりをしてきたり、溶解性の粘液を弾のように飛ばしてくる。溶解性といっても、一階層で出るスライムはそれほど強力ではない。スライムの中に素手で手を入れて

も、数秒程度ならさほど痛みはなく、一瞬なら痒みすら伴うことはない。深層では話が別らしいけど。

倒すには粘液状の体の中に浮かぶ核を壊すか、体である粘液を何らかの方法で消し去るかだ。オーソドックスなのは火系の魔法スキルで粘液を燃やしてしまう方法。今の僕に魔法スキルはないため、核を壊すしかない。

どういう方法なのかは知らないけど、スライムが僕の存在を感知したようだ。

距離的に近いと判断したのか、ブルッと体を震わせたかと思うといきなり飛んできた。慌ててその場にしゃがんでスライムの体当たりを凌ぐ。

スライムはそのまま壁にぶつかり、粘液体が壁に沿って円状に広がったため、すかさず僕は壁を蹴るようにして核を潰す。もう少し高い位置だと足が届かないところだった。

スライムの対応をしている間に、先ほどのゴブリンは絶命して光の粒となる。ドロップアイテムはなし。だろうね。まぁ一階層のゴブリンじゃドロップしても大したアイテムじゃないから別に良い。

「ほう。レベル【三】の割には動きが良い。もしかすると、A・B組の連中よりも様になっているかもな」

「はは。流石にA・B組でもずっとダンジョンダイブしている訳じゃないでしょ？　単にその差ですよ」

教官……いや、探索者である野里澄の目的は単純だった。

僕の異常性に確信を持ったという「成長限界測定」だけど、これはその名の通りで、その人のレベルの上限値を測定するらしい。

ただ、そもそも上限値までレベルアップできる者は少ないから、あくまでも成長の目安として活用されているみたいだ。僕のように測定不能という結果についても、中等部のA・B組なら何人かいるらしいしね。

たとえば、野里教官の限界値は【四三】だけど、今現在、公式での世界最高レベルは【三五】だ。野里教官が限界までレベルアップすれば最高レベルの更新となるけど……そうはなっていない。

実際の野里教官のレベルは【一六】。

思ったよりも低いと感じたけど、それでもこの世界では人外レベルであり、探索者としてはランクBで上から二番目だという。

教官はこの学園の高等部を優秀な成績で卒業後、すぐに探索者として本格的に活動を開始したらしい。

現在二十四歳で、年齢を加味すると相当に優秀。日本の探索者協会において、野里澄は期待の星だそうだ。

実はこの世界の探索者はダンジョンダイブに対して慎重で消極的。まぁそれも当たり前か。ここがゲーム的な世界だとしても、現実に違いはない。命を落とせばそれまでだ。コンティニューはないし、デスペナルティでのやり直しもない。死ねば終わり。

また、ゲームなら「ＨＰ　10／100」という状態でも、コマンドや操作へのレスポンスは変わらないし、キャラクターも全力で動くことができるだろう。でも、それが現実だったら、生命力が十分の一になるっていうのは、言わば危篤状態だ。まともに動けるわけがない。あと、生命力や体力が十分に残っていたとしても、足を骨折すれば走れないし、片腕が千切れたらまともに武器を振るうのも難しいのは想像に難くない。

そんな、現実としては当然の事情もあってか、ダンジョンの深層域はその大部分が未踏破のままとなっている。いや、もしかすると、いま深層と呼んでいる領域ですら、まだまだ表層に過ぎない可能性だってある。

探索者野里澄の目的。

ダンジョンの最深部を目指す。

ただそれだけ。シンプルだ。

野里教官曰く、今の日本の探索者協会やこの学園のやり方は、安全にダイブし、一定の成果を継続するやり方。

勿論、コレはコレで秀逸なシステムだけれど、未知の領域へ辿り着くには心許ないやり方らしい。教官は『良い子ちゃん量産システム』なんて呼んでいた。自分だってそのシステムで育成されただろうに……。

まぁあくまで教官が言っていることだけど、今のダンジョン学園で育成された探索者では、未知の領域はおろか、二十階層を超えることも難しく、レベルは高くても【二〇】位で停滞してしまうとのこと。

　ダンジョンによって造りや構成は勿論違うけれど、大規模ダンジョンの難易度は概ね世界共通らしく、世界規模での深層記録は公式には三十八階層。このダンジョンはアメリカ合衆国に存在し、記録を保持しているチームもアメリカ人たちだ。ちなみに第二位の記録は三十六階層。こっちは中国にあるダンジョンで中国人のチーム。大国同士が威信を掛けてバッチバチなのはこの世界でも同じみたい。

　いまの日本の深層記録は二十六階層。トップからは格落ちな印象が否めない。

　これには事情もある。日本は四つもの大規模ダンジョンを抱えており、これは国土面積を考えるとかなり多い。その為、整備や管理の負担が大きく、そういう側面もあってか、ダンジョン関連で人材を失わないように安定性や安全性を重視する傾向が強くなり、未知の領域へ踏み出すような踏破力のある探索者が育ちにくい環境だと言われている。

　ダンジョンは階層が進むごとに広大になっていき、五階層の時点で東京都を超えるとも言われている。なので、比較的低階層と言われる十階層未満でも未踏破の部分は多いらしい。

　そんなダンジョン事情の中、野里澄は自身の探索者としての停滞を覚悟の上で、学園の指導教官を受任した。

　その目的は後進の指導なんかじゃない。青田買いだ。

　自分と同じく、ダンジョンの深層部へ向かう気概のある者、その資質がある者を見極めて、勧誘するために指導教官となった。どこぞのエージェント的な感じなのかな？

彼女は、目的のために必要とあらば、探索者協会や学園を欺いたり、違法行為をすることだって厭わない。

正直に言うと、危険思想のヤバい人だ。何が教官をそうさせるのかは知らないけれど、偏執的で異様な雰囲気がある。探索者……というより、ダンジョン自体に対して並々ならぬ執念のようなモノを感じさせる。

ただ、その一方で、良くも悪くも実務能力は高い。

この学園では、学生証によって生徒は監視されているけれど、教官は学園に知られず、密かにダンジョンダイブができるようにとダミーの学生証まで用意してきた。ダミーと言っても、その機能は正規の物と同等だ。あと、僕の時間を作るために寮の部屋、組の配置にすら手を回した。

もしかすると、野里教官の背後にはかなり大きな組織がついているのかもしれない。いや、もしかしたらとかじゃなくて、ほぼ間違いないだろう。流石に個人だけでできる活動の範囲を超えている。

学園の敷地内にダンジョンゲートは複数あるけれど、その全てが管理されている訳じゃない。

野良ゲートと呼ばれる未管理のゲートもかなりの数に上り、生徒や学園都市内の関係者が、知らずに野良ゲートを潜ってしまう事故も毎年数件は起きているそうだ。学生証の監視は、そのような事故やダンジョン資源の違法発掘を防ぐ意味もあるんだろう。

教官あるいは背後の組織は、学園都市内にある、他者に見つかりにくい野良ゲートの場所を網羅しており、僕はその情報に基づいて、場所を日々変えながら違法ダイブを繰り返しているという訳だ。

何だかんだ言いつつ、僕も吹っ切れた。

こうやってダンジョンで活動していると、何となくダンジョンの深奥から喚ばれている気がするしね。教官が言っていた与太話も今なら信じられる。野里教官自体はどこまで信用できるか分からないけれど……この学園でひっそりと〝プレイヤーキャラ〟を演ってやるさ。


「こうやって安定的な違法ダイブの段取りはできましたけど、次はどうするんですか？」

「次の目標はソロで三階層の踏破だ。レベル【四】くらいが妥当だと言われている。悪いが、これからA・B組のダンジョン内の野営訓練の科目が入っているから、しばらく私は来られない。三階層のマップや魔物のデータは、ダミー学生証の方に入ってあるマニュアルで確認しておけ。くれぐれも無理はするなよ。悪いが、早々に死なれるとコッチが大損害だからな。とりあえず、中等部一年の間にレベル【五】を目指すくらいで良い。コレはA・B組と同じ程度だ。差別化を図るのは中等部二年からとしよう」

この学園のやり方を批判する割には、野里教官の育成や指導も割と慎重派だ。まぁ僕には都合が良いけど。

「分かりました。……ところで、B組のヨウちゃんとサワくんたちは元気にしていますか？」

「B組……川神陽子と澤成樹か……確か同郷だったな。二人とも筋は良いし、ガッツもある。何よりダンジョンに対しての意欲が素晴らしい。Ｂ組在席で手を出せないのが惜しいくらいだ」

「……いや、こんなアンダーグラウンドな道に誘い込まないで下さいよ。あの二人は王道が似合うんですから。というか聞いた僕がバカでしたよ。そう言えば次の休みに会う約束だし……野里教官は変な性癖があるから近付くなって言っときますよ」

「ふん。大人しそうなツラして言うじゃないか。まぁお前は思っていたよりも活きが良いから、嬉しい誤算だったがなぁ」

だから、そのニヤニヤを止めろって。

2．クラスチェンジ

久しぶりに風見くんたちと会う。

ヨウちゃん発信で定期的に集まるようにしているけど、組だけじゃなく、僕だけ寮棟まで違うから、皆に会うのはかれこれ二週間ぶりだ。割と頻繁に電話やメールアプリで連絡をとり合ってはいるけどね。

女子であるヨウちゃんがいるため、集まるのは部屋じゃなくて、食堂ホールの隅っこに区切られている談話スペースとなる。まぁよっぽどじゃなければ、部屋で集まっても文句は言われないらしいけど、念のためにだ。

「お、イノ！　なんか久しぶりだよな！　どうなんだＨ組は？」

「この前の報告と変わらない感じだよ。割とのんびりしてる。先生もだけど、みんなマイペースな感じだからさ。いや〜こんなに楽チンで良いのかな？　……って不安になるくらいだよ」

「え〜！　やること無いならＢ組に来なよ〜！　一緒に探索者目指そうよぉ〜」

「ヨウちゃんまだ言ってるの？　俺たちはダンジョンでの実習も始まるんだし、流石にもう無理だよ」

「そうそう。僕も風見くんも元々探索者を目指していた訳じゃないしさ。今が丁度いいよ」

「いい加減諦めろよ。川神はイノのこと好き過ぎるだろ……」

それぞれが持ち寄ったお菓子をつまみながら近況報告。大体がヨウちゃんとサワくんの「探索者組」の話だけどね。あ、風見くんはそのままＥ組に残り、今はアイテム関連、特にダンジョンテクノロジーの授業に積極的に参加しているらしい。

「へぇ〜。Ａ・Ｂ組はもうダンジョンで寝泊まりとかするのか？」

「いや、そんな本格的な感じじゃなくて、本当にお試し程度。テント張ってキャンプするだけ。しかも魔物が出ない安全地帯だから」

「色々と支給されたよ。でも支給品は可愛くないんだよね〜。先輩や内部進級の子は『支給品が一番良い。下手にカスタマイズとか買い替えたりはしない方が良い』って言うんだけどさ。なんかテンション上がらなくって……」

「ゆくゆくはヨウちゃんのテンションが上がるヤツに替えるとしても、まだ今は指示通りが良いで

しょ？」

ヨウちゃんは変わらないね。サワくんと風見くんは何だかしっかりしてきた気がする。皆、色々と頑張っているみたいだ。

「それで、澤成たちのレベルはいくつになったんだ？　【三】以上になるとまた違うのか？」

「いまは俺もヨウちゃんもレベル【三】だよ。でも、レベル【一】から【二】に上がった時ほどの差はないかな？」

「へぇ。そうなんだ。レベル【二】になった時はちょっと感動したんだけど……」

「だよな！　ビビッたぜ！」

「えぇ～そうかな？　私はあんまり変わらなかったけど？」


何だろう。みんなと話をして楽しいはずなのに、どこかで『ダンジョンへ行きたい』って思っている。

教官のことを偏執的だと評したけど、これじゃあ僕も変わらないや。いや、これは僕の意思ではなく、アバターとして僕を操っているプレイヤーの意思？　最近、よくそんなことを考える。

井ノ崎真(いのさきまこと)としての僕。

異世界の記憶がある僕。

どちらが本当の僕なのか？

それとも、僕なんてモノは存在せず、プレイヤーが操っているだけのキャラクターに過ぎないのかな？

　自分自身のアイデンティティに繋（つな）がることだけど……不思議なことに深刻に思い悩むということもない。

　今はただ、ダンジョンに潜るのが楽しい。

　魔物と戦って基礎レベルやクラスLV（レベル）を上げたり、スキルの構成を考えたり、ダンジョンという未知の場所をウロウロするだけで、ヨウちゃんじゃないけどテンションが上がる。まぁこの辺りもゲーム的な強制力と言われれば、そうなのかも知れない。

　あと、ダンジョンで活動するようになり、僕がこの世界の大多数の人と違うってことも分かった。

　違うこと自体はもうどうしようもない。ならいっそのこと、その違いをアドバンテージとして存分に活用して、ダンジョンの深部を目指すだけだ。

　野里教官やその背後にいる協力者だか支援者だかの組織……そんな連中すら追い付けないところまで行ってやるさ。

　まさか僕がこんな風になるなんてね。はは。これじゃヨウちゃんやサワくんのこともアレコレ言えないや。


「……ねぇ。今日のイノ、変じゃなかった？」

「は？　何がだよ？　いつものイノだろ？」

「う～ん。俺も別に変だとは思わなかったけど……」

同郷での近況報告会。

解散後、棟が違うイノが抜けたあと、残されるのは八号棟の三人。そこでヨウ……川神陽子が呟くが、他の二人は特に気にする様子はない。

「そうかなぁ～？　な～んかいつもと違うっていうか、ちょっと前からおかしい気はしてたんだけどさ～」

「いや、だから俺たちは別にそう思ってないし。……川神は何が気になるんだよ？」

人の話を聞いてない風のヨウに対して、風見が逆に問う。

「いや、何だか心ここにあらずって感じ？　それに何となく影が薄くなっているような？」

「……あのな、お前や澤成はどう思っているかは知らないけどよ、俺やイノは普通なの。お前らみたいなキラキラ感は最初からねーの」

「おい、何だよそのキラキラ感って？」

「けっ！　これだから無自覚なヤツらは嫌なんだよ！」

同郷の三人。その中でも、ヨウだけが微かにイノの変化に気付いていた。彼女自身が、変化に気付くだけではどうしようもなかったと後悔するのは……少し先の話。

さて、今日も楽しくダンジョンダイブ（違法）だ。

二階層。

出てくる魔物は単体ゴブリンに複数スライム。ほぼ一階層と変わらない。スライムが一度に二匹出てくる可能性があるだけ。

今日は既に何度か一～二階層を周回しており、僕の周りは死屍（しし）累々……いや、消えるから死体はないけどさ。まぁかなりの数の魔物を仕留めたってことで。

少し前にレベル【四】になり、その後しばらくしてから、ようやく【ルーキー：ＬＶｍａｘ】となった。ＬＶ９の次がｍａｘだったので、クラスＬＶ10が上限というのは本当だったみたいだね。

【ルーキー】で会得した《スキル》は《生活魔法》《ダッシュ》《体当たり》の三つ。《ダッシュ》と《体当たり》は微妙な性能だけど《生活魔法》がかなり有能。その性能故か、ＬＶｍａｘまで上げないと会得できなかった。

この《生活魔法》により《活性》《清浄》《手当》《火種》《引水》《微風（そよかぜ）》《土塊》という諸々の魔法が使えるようになったけれど、これらの魔法は戦闘というより、長期のダンジョン探索でこそ真価を発揮する感じだね。特に《清浄》は一瞬で風呂＋洗濯が済むみたいな感じで、できれば日常生活でも使いたいくらいだ。

この【クラス】と《スキル》だけど、一般的な探索者と〝超越者（プレイヤー）〟疑いの僕とでは、システムが若干違うっぽい。

教官に教えてもらったり、マニュアルを見る限りでは、この世界の探索者は現在選択している

【クラス】に関連する《スキル》しか使用できない。

具体的な例で言えば【剣士】から【武闘家】へとクラスチェンジしたら、使えるのは【武闘家】の《スキル》だけ。【剣士】の《スキル》は死蔵となり使えなくなる。

あと、この世界の探索者は戦士系から魔法系というような系統違いのクラスチェンジはできない仕様であり、その大元の系統自体は、基礎クラスである【ルーキー】中の行動と持って生まれた資質によって決まるらしい。今のところ、僕にこのルールが適用されている感じはない。

そのためこの世界では、【剣士】から【魔剣士】みたいな感じで、一次職から二次職へクラスチェンジをするのが探索者の常識であり、このような場合であれば【魔剣士】と下位職である【剣士】の《スキル》がどちらも使えるようだ。

一次職→二次職→三次職→四次職………と順当にクラスチェンジを繰り返せば、系統《スキル》が全て使えるという利点がある。

一方で〝超越者〟疑いの僕はそうじゃない。

《スキル》をセットできる枠が存在し、その枠内で《スキル》を付け替えていくシステムらしい。で、少なくともこんなシステムは一般の探索者にはない模様。かつて存在したという超越者と比べられたら分かり易いんだけどな。流石に機密事項だし無理な話か。

まだレベルが低いから確認できないけど、もしかすると、使用できる《スキル》の総数は、クラスチェンジを繰り返したこの世界の探索者より少ないのかも知れない。

現状、僕のこの《スキル》枠は五つ。かなり少ない印象がある。もし、今後もこの《スキル》枠が増えないとしたら……かなり厳しいと思う。

　ゲートを潜ることでダンジョンに侵入する。この世界では当たり前のことだ。

　ダンジョンゲートが複数あっても、ゲート同士が比較的近くに位置する場合、どのゲートを潜っても同じダンジョンに出る。宝箱や魔物の位置などは違うこともあるけれど、ダンジョンの基本構造、罠（わな）の位置、出現する魔物の種類などは同じとなる。

　でも、たとえ同じダンジョンだと言っても、別々のゲートを潜った人たちが、ダンジョン内で鉢合わせすることはない。

　同じダンジョンでありながら、全く別の空間に通じていると言われているらしい。僕の前世感覚だと、一昔前のＭＭＯＲＰＧ……サーバーが違うユーザー同士は影響がない……みたいな感じかな。

　なので、ダンジョン内で活動を共にするには同じゲートを潜る必要があり、逆を言えば誰かと一緒にゲートを潜るか、後か先に同じゲートを利用する人がいなければ、そのダンジョン内では完全に孤立する。そうなれば当然のことながら、何かが起きたとき、救助を期待することはできない。

　学園のダンジョン探索の指導マニュアルによると、この完全ソロプレイでのダンジョンダイブは禁忌事項となっている。まぁ常識的に考えると当然のことだろうね。

　でも、違法ダイブである僕は、この禁忌事項である完全ソロプレイが基本となる。

　できれば、索敵、攻撃、回復など……複数の役割（ロール）を一人でまわしたい。

　それを実現するには、かなりの数の《スキル》が必要になるのが火を見るより明らかなんだけど……《スキル》枠については、もう少しレベルを上げるなりして様子を見ようと思っている。もしかすると、すんなりと枠が増えるかも知れないし、僕が気付いていない仕様があるかも知れないからね。

野里教官に超越者（プレイヤー）との疑いを掛けられて、あれよあれよとダンジョンダイブを繰り返すことになったけど、僕だって別に教官に全ての情報を開示している訳でもない。これは教官だってそうだろうし、お互い様ってヤツさ。

僕がこの世界の〝超越者（プレイヤー）〟かは分からない。でも、自分がゲーム的な〝プレイヤー〟だというのはひしひしと感じている。もちろん、教官には伏せたままだ。

ちなみに、僕が〝超越者（プレイヤー）〟じゃないかと感じた理由というのが〝ステータスウインドウ〟と〝インベントリ〟だ。

野里教官に連れられて行った二回目のダンジョンダイブ（違法）で、僕の目の前にいきなりステータスウインドウが出てきたんだ。かなり焦ったけど、教官は僕のステータスウインドウを目視・認識することができなかったから、そのまま隠し通している。

このステータスウインドウ。向こうの世界のゲームなんかでよく見掛けていた、力やすばやさ、HPやMPなどという項目はなくて、レベル、クラス、クラスLV、《スキル》、クラスチェンジの項目と、後はアイテムの表記があるくらいだ。

ちなみに《スキル》の付け替えやクラスチェンジは、このステータスウインドウを呼び出せばいつでもできる。まぁ少し集中力が必要なので、近接戦闘中とかは難しいと思うけど。

普通の探索者は、僕のようにステータスウインドウを呼び出すことができない。少なくとも、調べた限りでは、同じような事例はない。一般の探索者は、クラスチェンジやステータスの確認は、ダンジョンの五階層ごとに設置されているセーブポイントみたいな場所か、ダンジョンテクノロジーによる機器で行うらしい。

で、このステータスウインドウがそのまま〝インベントリ〟でもあるという感じ。

ウインドウに物品を放り込むと収納できるし、収納した物品を取り出すことも勿論可能。ウインドウに手を差し込むと、別の空間に繋がっているのか、差し入れた分だけ腕が消える。でも、ウインドウを目視できない人は僕の腕が消えていることに気付かない。僕とは逆で、腕がそのままウインドウの向こうへ伸びているように見えるらしい。

色々と試した結果、ステータスウインドウは大きさを変えたり、出現箇所を任意に設定できるので、今では手の平の上で物を収納したり、取り出したりと……ちょっとした手品的な使い方もできるようになった。

あと、ウインドウから急に短剣を出したりとか。近距離の不意討ちの一手としてはありかも知れない。相手は何もない空中から短剣が飛び出してきたように認識するだろうし。試しにゴブリンに使ってはみたけど、全く反応できていなかった。近距離戦の切り札になりそう。

ダンジョンの影響下である特異領域（ダンジョン）でしかウインドウを呼び出せないのかと思っていたけれど、領域外でも普通に出せるし、操作もできた。勿論インベントリとしても使えるという便利仕様。

まぁこのウインドウを認識できる人がいるかもしれないから、ダンジョン内や自分の部屋でしか出さないけどね。

　更にこのインベントリ、お湯をコップに入れて収納したら、数時間後もお湯のままだったので、収納した物品の時間も止まるようだ。ただ、収納することで特殊な反応を示す物品も見つけた。

　ダンジョンテクノロジーを活用した学園の学生証。

　これを携行していると、学園側に違法なダンジョンダイブがバレる恐れがある。

　その為に教官はダミー学生証を用意したわけだけど、ダミー学生証を持っていると、当然の如く教官には僕の位置が把握される。僕からすると、学園か教官かの違いでしかない。できるなら教官を出し抜ける手札も欲しいと考えていた。教官に不審がられない程度に色々と試してみた結果、ダンジョンの一階層でダミー学生証を収納してから二階層に移動する。その状態でダンジョン外の教官がダミー学生証の位置確認をすると、収納したポイントで反応があったみたいだ。つまり、ダンジョン内で学生証を収納すると、その反応自体が消えてしまう訳ではないという仕様。

　どういう仕組みなのは分からないけれど、これで学生証による位置確認をされても、場所を誤認させることができる。

　一階層で訓練をしているフリをして別の階層へ移動したりとかが考えられるけど……今のところは、教官に隠れてレベル上げするくらいしか活用方法が思いつかない。

　今回、【ルーキー】のクラスＬＶがカンストした為、そろそろクラスチェンジを考えているけど、《スキル》によっては色々と暗躍できそうなのがある。

　今の僕で選択できるのが……、

【剣士】【戦士】【武闘家】【シーフ】【弓士】【機工士】【黒魔道士】【白魔道士】【テイマー】

……という感じ。

まぁ一次職っていうラインナップだね。

でも、この選択肢の数は僕が〝超越者(プレイヤー)〟だからこそだと思う。

一般の探索者は【ルーキー】からのクラスチェンジの際、二つか三つしか選択肢が出てこないらしい。あと、人によっては成長に伴って【特殊クラス】が出てくることもあるみたいだ。

現在、この世界のトップレベルの探索者は大体が【特殊クラス】だそうだから……これはイベントキャラ専用みたいな感じかな？　ヨウちゃんやサワくんにもありそう。

実は野里教官も【獣戦士】という特殊クラスだそうだ。どうりで獣じみた迫力がある訳だと妙に納得したものさ。ちなみに本人はこの特殊クラスを少し気にしているようで、迂闊(うかつ)にからかうと本気でブチのめされる。オトナ気ない。

そんな訳でクラスチェンジだ。

ステータスウインドウを色々と弄(いじ)ると、選択可能なクラスの説明や、そのクラスで獲得可能な《スキル》効果の詳細なんかも閲覧できる。この辺りはかなり親切な仕様だね。

そして、今の僕が選ぶのは【シーフ】一択。

【シーフ：ＬＶ３】で獲得できる《偽装》という《スキル》が、これからの僕の暗躍プレイには必要不可欠と判断した。

《偽装》

・自分自身やその持ち物の情報を欺き、弱いフリができる。
※強いフリはできない。
※姿形を変えることはできない。
他にもこの【シーフ】では《気配隠蔽（小）》《気配感知（小）》などがあり、組み合わせ次第では、教官を出し抜くことも可能かも知れない。試してみるだけの価値はある。


で、【シーフ】にクラスチェンジして初めてのゴブリン戦。

「ギガッ！　ドギロ！」

元気いっぱいのゴブリンが棍棒を振り回してくるけど、その動きがよく見えるし、体も若干軽く感じる所為もあってか、以前よりも余裕を持って攻撃を躱せている。

「ギャッバー!!」

攻撃が当たらないことでイライラしているのか、一際大声で叫びながら突進し、大振りな振り下しを放つ。

勿論、その程度では僕には通じない。

軽く後ろに下がって、その一撃を躱した瞬間に踏み出し、地面に叩きつけられた棍棒を踏みつける。

「カギャッ!?」

武器が封じられたのがそんなに意外だったのか？

ゴブリンがあっけにとられたような顔で僕を覗き込む。

意に介さず、そのまま、動きを封じられたゴブリンの首を目掛けて横薙ぎの一閃。

武器はこれまでと同じ大振りの短剣だったけど、首を斬り飛ばす結果となった。

短剣を振り抜く一連の動作が、いつもよりもスムーズな感覚。

「……単純な力だけじゃない？　もしかすると【シーフ】は短剣の使用に補正が掛かるのかな？」

ウインドウからクラスの説明を改めて確認すると……、

【シーフ】短剣補正（小）投擲補正（小）

新しい情報が出てきた。認識すると更新されるのか？　親切なんだか、そうじゃないんだか……

まぁ良しとしよう。

何となく【シーフ】の動きは把握できた。特に【ルーキー】の時から大幅に戦法や体の使い方を変える必要はない。

できるなら、野里教官がA・B組の指導に掛かりっきりとなる今のあいだに、とっととクラスLVを上げて《偽装》を獲得しておきたいね。

指導マニュアルには『ソロ戦闘は四階層まで！』という注意書きがあるし、教官からも三階層まででと言われている。

向こうの世界のゲーム的な解釈としては、自分と同等か高レベル帯の魔物を狩ることでレベルが上がり易くなり、自分よりも弱い魔物を倒してもレベルは上がりにくいというのがある。

ぶっちゃけると、いまは僕自身のレベルを上げることはそんなに急いではいない。ただ、《スキル》が絡むクラスLVは効率よく上げたいという思いがある。【ルーキー】の時にも感じたけれど、クラスLVを上げるには、頑張って強敵を一体倒すよりも、とにかく数をこなす方が上がり易い気がしている。実際は強敵なんてのには、まだ一度も遭ったことないけど。

何となくだけど、一～二階層で単体ゴブリン無双を周回するより、兵種が増えて少し手強いリーダー級も出てくるけど、一度に出現する魔物が増えるらしい三～四階層の方が効率は良さそうだ。

ちなみに、ダンジョンでは五階層ごとにボス部屋が設けられ、フロアボスが配置されている。このボスを倒すことで、ダンジョンから脱出したり、ゲートから元・ボス部屋にショートカットできるようになるみたい。

五階層ごとの元・ボス部屋には不思議アイテムな石板が設置されており、この石板を操作することで探索者はクラスチェンジやステータスの確認を行うらしい。

「まずは【シーフ】の《偽装》を獲得するのが短期目標になるかな？　五階層のフロアボスを完全ソロプレイで倒すというのが、今のところの中期目標……って感じか」

帰り支度をしながら目標を口に出してみる。念のため、教官が考えている育成方針の少し先くらいを行っておきたい。その行動理念はアレだけど、野里教官のことは決して嫌いじゃない。ただ、序盤に出てくる高レベルなイベントキャラとなると……どうしても最後まで行動を共にするとは思えない。まぁこれは僕の勝手な偏見だけどさ。

教官やその背後にいる謎組織の支援を受けなくても、ある程度はやっていけるだけの実力を早めに身に付けたい。

3．実習　1

「では、よろしくお願いしますね、野里教官」

「こちらこそ。原村(はらむら)教官。……それでA組は……獅子堂(ししどう)やその取り巻きたちはどうですか？」

「……ふぅ。相変わらず選民思想にドップリですよ。初等部の頃から変わりません。毎年毎年、同じような生徒が出てきますけど……獅子堂は親御さんのこともあり、ここ数年ではダントツでタチが悪いです……」

「はぁ。私も若輩者で経験も少ないですが……記録を見る限りでは、私が学園に在籍していた頃の悪ガキどもより、問題を起こしているように感じますね。……今回はB組の雰囲気が良いだけに、A組とは物理的に距離を置くよう配慮するしかないでしょう」

「何とか頼みます。お恥ずかしい話ですが、獅子堂は普段から、私や斎藤(さいとう)教官を舐(な)めているので……野里教官のように現役の高ランク探索者が一緒だと心強いですよ」

「(頼られるコッチは堪(たま)らんがな……)」

　第二ダンジョン学園中等部一年のA組とB組の合同実習。

　A・B組に在籍する生徒たちは、このダンジョン学園が掲げる「探索者の養成」という目的を正しく体現している子供たちだ。

言うならばダンジョン学園の花形であるこの二つの組は、外部メディアに向けても、学園内に向けても一括り(ひとくく)で表現されることも多く、そのカリキュラムも共通している部分が多い。ただ、実態としてA組とB組では校舎ごと違うため、普段の訓練や授業などでお互いが顔を合わせて関わる機会はほぼない。例外的に編入組の個々人が寮で交流を持つ程度だ。

特に初等部からの内部進級組は、幼いころから学園都市内で常にA・B組として比較される対象であり、そうした関係性から仮想の善きライバルとして発奮する生徒が多いのも確かだった。しかし、何事にも負の一面はあり、ときに自分を磨くのではなく鬱屈した感情を相手へ向けてしまう生徒が出てくることもある。

このように、お互いを比較対象とすることによる、有形無形の圧力が掛かるのは『学園側が意図的にA・B組のライバル関係を煽(あお)っているからだ』という噂まであるくらいだ。もちろん事実関係は不明。しかし、一部の歪(ゆが)んだライバル意識を持った生徒の相手をしなくてはならない現場の担当者からすると、仮に意図的だったとしても、その場に限っては学園の意図など知ったことではない。

もっとも、現場の担当者の気持ちとは裏腹に、本格的にA・B組が一緒に行う合同実習では、毎年のようにトラブルが報告されているという。

「ねぇサワ。何だか委員長たち、ピリピリしてない？」

ヨウは昔から周囲の気配に敏感だった。ダンジョンに潜り、少々の恐怖もありながら、魔物を倒してレベルアップしたことで、昔からの勘のようなモノがますます鋭くなっているのが自分でも解っていた。そして、その勘や気配の察知で、Ｂ組の委員長……だけではなく、内部進級組の様子がいつもと違うことを感じている。

「……言われてみれば……何となく皆そわそわしてる？　編入組はそうでもないのに……」

ヨウの疑問を補うように、サワの方でも違和感を察知する。

「内部進級組はさ、Ａ組の事が気になるんだって」

クラスメイトの美濃沙帆里が二人に声をかける。訓練ではヨウやサワと同じ班であり、ヨウとは気も合うのか、Ｂ組の中では比較的仲が良い女子生徒だった。

「あ、ミノちゃん。えっと……Ａ組が気になるって？」

「私ら編入組には分からないけど、独特のライバル関係？　因縁？　そんなのがあるみたい、内部進級組のＡとＢにはさ。で、今回はそんなＡ組との初の合同実習ってことで変な緊張があるっぽいよ」

「へェ～、何だか大変だねぇ～。でも、今回の実習は別に競い合うような内容でもないよね？」

「どうなんだろうね。先輩とかに聞くと、ＡとＢでかなりバッチバチにぶつかることもあるってさ」

どこか他人事のようなヨウとミノ。ただ、それが他人事で済まないと知るのはすぐ後のこと。

「ハッ！　お前たちBはあくまでオレたちの補欠だろーがッ！」

「くだらない！　親のコネでA組にいるだけのクセにッ！　あ、だからキャンキャン吠えるのか？　実力じゃ敵わないって自分が一番分かってるもんなぁ！」

「てめぇ……ブッ殺すぞッ！」

「ヤレるもんならヤってみろ！」

一階層の半ばにある広場にてA組とB組が邂逅するが、その直後から内部進級組の罵倒合戦。熱量の違うそれぞれの編入組は置き去りであり、その様子を遠巻きに眺めるに留まっている。

「え～と？　品行方正な委員長もキレてるし……無茶苦茶仲悪いよね？　まともに顔を合わすのって、初等部通じてほぼ初めてじゃなかったの？　ミノちゃんは知ってる？」

「あ～噂では聞いてた。A組の獅子堂ってヤツ、あの獅光重工の創設者一族らしくて……アイツがB組にやたら攻撃的で、周りも逆らえないんだってさ。初等部の頃から問題ばかり起こしてて、悪い意味で有名らしいよ。……っていうかアイツ、八一のA組だったんだ……」

ガヤガヤギャーギャーと騒がしい内部進級組たちを横目に、ヨウは自身の鋭さを増した感覚で獅子堂を捉える。

「(でも、ここにいる生徒の中では頭一つ抜けて強いかな？)」

ヨウが内心で獅子堂をそう評価した次の瞬間、背後から押し潰されるような圧を感じ、弾かれたように振り返る。

「「ッ！」」

「チッ！」

「そこまでだ！　ヒヨっ子ども！　……全く、まだ顔合わせの段階だというのに煩わしい」

圧を感じたのはヨウだけに限らず、一部の生徒たちによる喧騒は一気に静まる。騒ぎの中心である獅子堂もそれは同じだった。

「……現役の探索者か。ふん、面白い。レベル一桁や引退して腑抜けた教官どもとは違うな。だが、補欠のB組なんぞを担当している時点で底が知れる」

「（このガキィ……捻り潰してやろうか？）」

圧の正体は野里が放ったスキル《威圧》。

クラスに関係なく、レベル【一〇】で獲得できる汎用スキル。効果は相手の注意を引きつつ、その動きを阻害することで格下相手にはほぼ成功判定となるが、レベルが同等、あるいは格上の相手には通じない。

「……ふう。さて、おとなしくなった所で合同実習の説明を行う。B組は当然知っているだろうが、今回は現役のBランク探索者である野里教官が参加される。あまり手を煩わせないようにな。

今回の実習では、二～四階層にて、五人一組の班ごとの集団戦と、ダンジョン内での野営訓練となる。ただし、その期間は各班ごとに設定された課題をクリアできるまで続くので覚悟しておくように。ダンジョン内には、安全確保の為の教官やヘルプの探索者も配置されているが、助けを求めた時点でその班は失格となり、その場で実習は終了となる。しかし、失格だからといって、特段のペナルティはない。時には引くことも大事だという探索者の心得を忘れないようにな」

Ａ組の担当教官である原村が後を継いで場を仕切る。

「まず、班ごとに集まって指示を待て。リーダー登録の者にこちらから各班の課題を伝達する。その指示を受け取り次第、実習開始とする」

このダンジョン学園では、五人一組の班が活動の基本であり、通常の訓練や授業でも班単位で行動することが多い。これは魔物との戦いにおいて、それぞれが役割を分担して効率化を図るという発想からきている。

学園が推奨するのは、物理攻撃役（アタッカー）二名、盾役（タンク）一名、中~遠距離の攻撃役（アタッカー）or補助役（サポーター）一名、回復役（ヒーラー）一名という班編成だ。しかし、この合同実習時点の編入組は、大半が【ルーキー】のままであり、役割がまだハッキリと定まっていない者も多い。

「なんかギスギスしてるけど……課題は班ごとに違うみたいだし、別にＡ組と競い合うこともないよね」

「甘いね、川神。向こうは獅子堂が強烈で他は流されて従っているみたいな空気もあるけど……Ｂ組の内部進級組の中にも、獅子堂ほどじゃないけどＡ組を嫌っている奴（やつ）らもいる。……それこそ、相手の邪魔をしてやろうって思う位には」

教官からの説明を聞き、ヨウが言葉を漏らすと、それに反応する声。

「えぇっと……もしかして堂上（どうじょう）もそうなの？」

「まさか。俺はそこまでＡ組に興味はない。今は自分の【クラス】をどうするかで頭が一杯だ」

ヨウたちと同じ班である堂上伊織。

訓練では班ごとで動くことになる為、最近では教官の指示がなくとも、班のメンバーで固まるのが自然な流れとなっていた。勿論、付近には残りのメンバーである、澤成樹、美濃沙帆里、佐久間愛佳もいる。

「堂上、そう言えば悩んでたね。やっぱり【剣士】から【シーフ】に？」

「あぁ。まだ少し迷いはあるけど……澤成みたいな〝模範解答〟を間近に見てると、俺には【剣士】や【戦士】系の戦い方が合ってない気がするからな。川神たち編入組が【ルーキー】からクラスチェンジする時、ついでに俺も……って考えてる」

「え？　俺って、そんなにも教科書通りの動き？　た、単純なのか………？」

「いやいや、この場合の堂上のは褒め言葉でしょ？」

「私も堂上君には【剣士】が合ってない気がしてたし、良いんじゃないかな？」

一度決めた【クラス】。それがしっくり来ない場合であっても、普通はイノのようにステータスウインドウを呼び出し、気軽にクラスチェンジができる訳ではなく、五階層へ辿り着きフロアボスを倒すか、学園に使用申請を出してクラスチェンジの為の機器を使うこととなる。つまり中等部一年の段階では、現実的には学園で機器の使用許可を得るしかない。

しかし、中等部一年においては、学園での機器の使用は編入組の【ルーキー】卒業が優先されている為、系統を替えるクラスチェンジ申請では許可が下りにくいと言われている。なので、中等部一年の間は【ルーキー】を含む班単位で申請し、そのタイミングで系統替えのクラスチェンジも行うのが通例となっていた。

メンバー同士で、堂上のクラスチェンジ後の班の戦法などで雑談をしていると、佐久間の学生証からメロディが流れる。

「あ、連絡です。たぶん、班の課題ですね」

「そういえば、今回のリーダー登録は佐久間さんだったね」

いつもの教室にいるかのような弛緩した空気の中、届いた連絡を確認して佐久間の顔が曇る。

「うッ……。ごめんなさい。学生証、ダンジョン内では隠蔽設定にしないと減点なのを忘れていました。音が鳴ったので、教官のダメ出しメールも添付されてる……。ふぅ。き、気を取り直して……課題の内容は堂上君が考えるような懸念もあるので……念の為、他の班から離れた所でお伝えします」

「……悪い、俺もちょっと気を抜いてた。安全地帯とはいえここはダンジョンだった……とにかく、A組、特に獅子堂の班からは離れよう。いつも通り俺と川神が先行、後ろは澤成で良いか？」

「はい……じゃなくて、リ、リーダーとして承認します。まずは二階層の北端近くの安全地帯を目指しましょう。かなり距離があるけれど……既に他の班も動き出したから、近場の安全地帯は切り捨てて、先に奥を目指します」

「賛成～」

「私も」

「俺もだ」

「佐久間に任せる」

Ａ・Ｂ組の合同実習が始まる。

4．実習　2

Ａ・Ｂ組のダンジョンでの合同実習。

今回の参加生徒の総勢は八十名であり、教官や協力者を含めると百二十人を超える。しかし、生徒からすると、合同とは言ってもあくまで課題は班ごとであり、班の編成はいつもの訓練時と同じメンバーでしかない。元々、周囲から無駄にライバル関係を煽られ、拗らせている生徒も少なくないのに、Ａ・Ｂ組で一堂に会する意味を大半の生徒は理解できなかった。

しかし、具体的に実習が始まり、学園側が想定していただろうトラブル、課題の歪さなどをその身をもって体感する羽目になっていく。

「くッ！　課題をこなそうにも、魔物がいないぞッ！」

「いつもの狩場は他の班で一杯だ。どうするんだよ⁉」

「あぁ！　そのゴブリンは私たちの獲物だったのに！」

「早い者勝ちだろ⁉」

「ポーションの原料集めも駄目だ……いつもの採取場所は粗方荒らされてる。ゲートに入り直さないと、ココはもう使えない……」

「おい！　その安全地帯は俺たちの野営場所だぞ⁉」

「知らないわよ。ダンジョンでの場所取りマークもせずに、バッカじゃないの？」

そこら中に混乱が広がっていた。

そして、その混乱を眺めるのは教官たち。

「……（ヒヨッ子たちの風物詩だな。懐かしいものだ）」

ちらほらと起きている各班の衝突を遠目に見ながら、野里は割り振られた担当に支障を来さない程度に、自分の学生時代も同じような混乱があったことを思い出す。

「……ふん。くだらないな。ダンジョン内での場所取り合戦か。おい！　俺たちは一気に三階層まで先に行くぞ。雑魚どもに構うな」

「『はい！』」

野里の役割。A組の獅子堂班の監視役。

獅子堂が、すんなりと自分たちの課題に取り組むならそれで良し。そうでないなら……野里が、その実力により獅子堂を制することになる。

「（ふぅ。A組担当の原村教官とて元・探索者であり、今の獅子堂如きなら暴力で制圧するのは造作もない。ただ、獅子堂は自分の〝力〟をよく知っているからタチが悪い……）」

獅子堂武。

ダンジョン関連の施設建設、アイテムの調査や開発、ダンジョンテクノロジーの一般化、ダンジヨン内でも稼働する重機を始めとした機器の製造などを手掛けるという、日本のダンジョン開発と共に育ち、今や世界規模となった獅光重工。

その創始者の名が獅子堂護。獅子堂武はその直系。

獅子堂武は一族の〝権力〟……即ち自身の〝力〟を良くも悪くも適切に理解し、活用する術を知っていた。

ただ粗暴なだけでなく、自分の行動が周囲にどう影響するのかということや、その後始末までをも計算に入れて動ける。そんな獅子堂は、学園にとっては厄介極まりない存在であり、教師や教官は誰も火中の栗を拾いには行かない。

それは生徒も同じ。内部進級で、知ってか知らずかの区別なく、獅子堂と衝突したことで家族の仕事にまで影響したという実例も少なくはない。

若輩ながら、高ランクの現役探索者である自分に、獅子堂のお守りが回ってくるのも仕方がない。……と、野里は理解していた。勿論納得はしていないが。

「(だが、思っていたよりちゃんと鍛えられている。【戦士】でクラスLV5はあるな。性格は攻撃的で粗暴な言動はあるが、剣と盾のオーソドックスなスタイルで、若干タンク寄りのアタッカー。相手を引き付け他のメンバーに仕留めさせることもできるし、この階層のゴブリン相手なら単独で三体程度を同時に相手取って撃破することもできる……か)」

獅子堂班の戦闘を確認しながら、野里は探索者の卵としての獅子堂の評価を上方修正する。

既に三階層。ここからはゴブリンの兵種が増える。そして一度に現れる魔物の数が一気に増加し、魔物たち同士で連携した戦法をとってくることもある。

獅子堂班は、リーダーの指示のもとで対チーム戦を展開し、三階層でも危なげなく魔物たちを圧倒していた。

「獅子堂さん。今回の実習、渡されているマップ範囲外を自分たちで踏破しろという、学園側の意図を感じます」

「…………ほう？　続けろ」

「学園から渡されているマップの範囲内で課題をこなそうとすると、どうしても他の班と場所の取り合いになります。今まで散々Ａ・Ｂ組の対立を煽った上でこの処置。まるで班ごとの衝突を誘発しているようです。しかし、学園側が、今の時期からダンジョン内での探索者同士の対人訓練をメインにするとは思えません」

「……確かに。ふん。学園が俺を止めないのも、獅光重工の名におもねる以外に意図があったのかもな。…………よし。俺たちは他の班と接触を避け、マップの範囲外を探索する方針で行くぞ！Ｂは勿論だが、他の班にも後れは取るなよ！」

獅子堂は自分が踊らされていることもある程度は理解していた。その上で好き勝手にやっていたとも言える。

自分より優秀な者がＢ組に所属しており、個人的にムカついていたこと、教官たちがガキである自分にへりくだること、学園の安全第一な訓練方針が気に入らないこと……周囲に対して、感情的に八つ当たりをしている自覚もあるが、周囲は自分を許すしかないということも知っている。勝手な思いなのも承知の上で、そんな環境に空虚さを感じてもいた。だが、ダンジョンの探索、魔物との戦闘に関しては、周りが思うより獅子堂武はずっと真面目であり、チームリーダーとしての責任感も持ち合わせていた。

「(チームの者も嫌々従っている風でもない。獅子堂はリーダーとしてはなかなかに優秀なようだな)」

「ここにはまだ、他の班は来ていないようですね」

「A・B関係なく、あちこちで班同士が揉めてたな」

二階層から三階層へ通じる階層ゲート部屋……を通り過ぎた先の魔物が近寄りにくい場所……通称安全地帯……に佐久間班は到着していた。

「それで佐久間さん。結局、私達の課題って?」

「えぇ。説明しますね。実は課題自体は単純で『ゴブリンリーダーの魔石を三つ集める』『岩陰ハーブとマナの水をポーション（小）換算で三つ分集める』というだけでした」

「魔石に関しては、ゴブリンリーダーが出現する三階層へ行けってことだな。ポーションの素材集めは、二階層でしろってことか？　……かなり混み合っていたから競争率高そうだな」

「え？　三階層の素材採取のポイントは？　魔石のついでにできないかな？」

「いや、ヨウちゃん。まだ三階層のマップはほとんど公開されてないだろ？」

「………いや。そうだ。川神の言うとおりだ。何もわざわざ混み合っている場所で活動しなくても良い。二階層だって未公開部分の方が広いはずだ。佐久間、課題の説明事項に『活動は公開マップの範囲のみ』という文言はあるか？」

「……いいえ、ありません。ただ課題が書いてあるだけ」

「なら決まりでしょ？　そもそもAとBで八十人だよ？　班が十六個もある時点で、このマップの範囲だけじゃ早い者勝ちになるのは目に見えてる。なのに、スタートが一緒じゃないってことは……そういうことなんじゃないの？」

正解かどうかは別として、佐久間班も今回の実習の歪さに気付く。

「……じゃあ、まずはここを拠点にして、三階層でゴブリンリーダー狩りをしましょう。その過程で、少しずつマップの範囲外を探索していくという方針でどうですか？」

「「賛成」」


三階層。

佐久間班が目的とするゴブリンリーダーは、通常種よりも体が一回り大きく、行動を共にする周りのゴブリンたちの指揮を執る、まさに集団戦の要とも言える存在だが、単体で見るとその戦闘能力は通常種よりも体の大きさ分パワーアップしたという程度。

ある程度経験のある探索者は、ゴブリンリーダーよりも、むしろ遠距離攻撃を仕掛けてくるゴブリンメイジやゴブリンアーチャーの存在を危険視している。

また、一～二階層の粗末な棍棒ではなく、三階層からは錆(さび)の浮いた粗悪品とはいえ、金属製の武器を持ったゴブリン集団と相対しなくてはならない。ダンジョンのフィールド自体も一～二階層の洞窟型から、平原や森といった開放感のある広大なフィールドにガラッと切り替わる。その為『二階層まではチュートリアルで、三階層からが本番』などとも言われている。

「澤成！　そのまま前衛を抑えてくれ！　廻り込んでアーチャーを仕留める！」

「任せてくれ！」

ウォーハンマーを振るうゴブリンウォーリア、槍を装備したゴブリンソルジャー。

その二体と僅かな時間差でぶつかったサワは、大振りなハンマーの一撃を体ごと躱しつつ、突き出された槍は角度をつけて盾で受け流す。

この接触で致命的な一撃は狙わず、反撃はすれ違いざまの軽い刺突のみ。若干ソルジャーの動きを阻害する程度。

すぐさま横からハンマーの二撃目が迫るが、サワは攻撃を読んでおり、ハンマーが到達するより早く踏み込んで、ウォーリアに盾ごと体当たりをぶちかます。

直後、サワの背中を狙おうと向きを変えたソルジャーの頭部が弾ける。

佐久間の《アロー》。

サワは体当たりから動きを止めず、そのまま仰向けに倒れたウォーリアに剣を突き立ててとどめを刺す。

前衛の攻防の間にも後方から矢が飛んでくるのは危険極まりない。大元であるアーチャーを倒すために堂上が駆けるが、遠距離攻撃の有用さを知るゴブリンリーダーも敵を阻もうと立ち塞がる。

その姿をチラリと見やるが、堂上の狙いはあくまでアーチャーのみ。

ゴブリンリーダーを無視するかのように、その横を駆け抜けようとするが、当然の如く敵からの一撃を招く。ただ、ゴブリンリーダーはその一撃を放つことはできない。堂上に気を取られ、逆に接近を許してしまったヨウの渾身（こんしん）の拳をその身に受ける結果となった。

とても拳によるとは思えない衝撃音が響き、ゴブリンリーダーは体ごと吹き飛んで地面を数回転する。傍（はた）から見ていても分かる、正しい意味での〝必殺〟の一撃。

ゴブリンリーダーが倒され、堂上とヨウのどちらに攻撃をするかを迷ってしまったアーチャーだったが、その迷いが堂上の肉薄を許し、《スラッシュ》で斬り伏せられる。

各々が伏兵や新たな敵がいないことの確認のために周囲を警戒している間に、ゴブリンたちは光の粒へと変わり、ドロップアイテムが数点残される。

「ふう。やっぱりフィールドによってかなり戦い方が変わるな。これまで、三階層でも比較的狭い場所でしか訓練してなかったから……」

「だね。二階層の洞窟型に慣れていたから……開放型のフィールドだと、ちょっと固まりすぎなのかな？　少し初動が遅れる感じだし。今回、私なんて出る幕もなかったよ。もう少しそれぞれに距離を取った方が良いかも？」

「だだっ広い平原エリアだと多少距離を広げても大差ない気もするけど……。そもそもミノはヒーラー志望なんだから、今回の動きでも問題はないだろ？」

「……なぁ。反省会も良いけど、とりあえず先にドロップ品を回収しないか？　リーダーが魔石をドロップしたみたいだ」

「ホントだ！　いきなりとは幸先(さいさき)が良いね。やっぱり私の一撃のお陰かな〜」

「……川神さん。いつも思うけれど《オーラフィスト》とか使ってません？　レベル【三】の【ルーキー】の威力じゃないと思う……」

ゴブリンリーダー以外、ソルジャー、ウォーリア、アーチャーの四体編成チームを退けた佐久間班が各々に反省会をしている中、ドロップアイテムに課題であるゴブリンリーダーの魔石があることに堂上が気付いた。

この時、佐久間班は全員が『この調子なら割と早く集められそう』と考えていたが、それが間違いであったと後悔するまで……時間はそう掛からなかった。

5．魔力(マナ)と技(スキル)

ダンジョンは広い。広い上に、階層ごとにフィールドの性質も変わる。洞窟型のいかにもダンジョンというフィールドもあれば、広大な平野、山や川といった自然の地形、火山地帯や豪雪地域、海の上の群島もあれば城塞都市を模した場所など多岐に亘(わた)る。

そんな趣向の違うそれぞれの階層間の移動は階層ゲートを潜ることで行い、この階層ゲートは各所に複数存在する場合もあるという。

また、世界中の各地のダンジョンで共通して、階層が上がれば上がるほど面積が広くなることが確認されている。少なくともいま現在判明している限りではその傾向が当て嵌まっている。

ダンジョンによって、構造や出現する魔物の種類に違いはあるも、一～二階層は大型テーマパーク程度の広さで、三階層からは都市規模の広さとなるのが一般的。そのためか、国によっては最短ルートや階層ゲートの場所の特定などが優先されることも多いという。

結果として、低階層であっても未踏破の部分があり、探索者たちの手によって毎年のように新たな発見がある。少なくとも日本ではそのようになっていた。……もっとも、その新発見が公表されるかはまた別の話だが。

ダンジョン学園は国の意向により運営がなされており、四つの学園が日本に存在する四つの大規模ダンジョンにそれぞれ隣接するように都市化している。当然のことながら、公式には学園こそが何処よりも隣接するダンジョンの情報を持っているとされている。

しかし、それらの情報は学園の生徒に対しても必要以上に公開されることはない。逆に、学園が積極的に公開する情報があれば、それには何らかの意図が込められているとも言われている。

ダンジョン資源が国家運営を左右する以上、それらの情報規制は当然であり、探索者たちも不満を持ちながらも従わざるを得ない状況となっている。

「へぇ。実習は散々な結果だったんだ？」

ヨウちゃんとサワくんの実習が終わって数日後、寮で二人の愚痴を聞くことになった。僕もＢ組のカリキュラムは知りたかったしね。

「結局、学園側の思い通り。『ダンジョン内では、組や班を超えて協力し合わなければ生き残れない』ってことらしい。俺たちの班も頑張ったけど、最後は教官に助けてもらうことになったしな」

「そうそう。全然上手くいかなかったよ。採取場所なんて見つからないし、初見の魔物はどう戦って良いか分からないしさ。まぁ私は結構楽しかったけどね、【ルーキー：ＬＶｍａｘ】でレベルも【四】になったし！」

　ヨウちゃんとサワくんの班は課題をクリアすべく、未公開エリアを探索していたみたいだけど、三日目、魔物たちに不意をつかれて乱戦になり、そこで教官が介入して失格となったらしい。

　僕は知らなかったけれど、内部進級組ではＡ・Ｂはそれぞれに対立と競争を煽られていたみたい。で、いざダンジョンで実習となれば、皆が競争に躍起になったり、対立したり、あるいは衝突を避けることばかりで、周囲の他の班と協力するという視点が抜け落ちていたと……。

　まぁ今回の実習、今の段階で優秀な生徒たちに、挫折を経験させるための仕込みという一面が強かったみたいで、学園側はまともに課題をクリアさせる気は無かったっぽい。

　実習に参加した生徒の多くが学園側にしてやられたようだけど、その中でヨウちゃんとサワくんの班は、獅光重工の御曹司の班と一時的に共闘して、主にヨウちゃんが御曹司とお互いに認め合うという王道イベントもあったらしい。この話は野里教官に聞いた。

　ゲーム的な展開を考えると……やはりヨウちゃんが主人公なのか？　サワくんや獅子堂という御曹司はパートナーとかライバルキャラのポジション？

……まぁ、僕はそっちのストーリーには関わらないから別に良いんだけどね。ヨウちゃんやサワくんはストーリーモードで、僕はエディットキャラのフリーモードみたいだと思っている。

ちなみに、ヨウちゃんは【武闘家】でサワくんは【戦士】にクラスチェンジするみたいだ。ゆくゆく、この二人には専用クラスが出てくると見てる。

「二人の実習の話は分かったんだけど……今日、風見くんはどうしたの？」

「あぁ風見も実習が入ったんだってよ。最近はアイテム工房で遅くまで過ごすことが多いみたいだし、俺もしばらく顔は合わせてないな」

「そうなんだ。連絡はとってるけどそこまで知らなかったよ。……それぞれ別々の進路を進んでるって感じだね」

向こうの日本での感覚だと、ダンジョン学園の子たちは凄く自立している……いや、自立させられている感じがする。だって、まだ中学一年生の十三歳だよ？　いくらダンジョン絡みとは言え、既に就職先まで見据えた教育がなされているのは少し違和感がある。まぁそれがこっちの常識なんだろうけどさ。

「で、井ノ崎、お前はどこまで進んだ？」

「三階層で、三体以下で編成されたゴブリンたちをチマチマと不意打ちしているくらいですね。まだ、正面から仕掛けて蹴散らすというのはムリです」

ヨウちゃん達が実習を終えたということで野里教官も戻ってきた。

一応《偽装》は獲得済みで、レベル【四】【ルーキー：ＬＶ８】と装っている。ただ、教官に通じているのかは不安がある。そもそもステータスの確認自体、特殊な機器が必要だから大丈夫だとは思うけれど……。

「…………」

「…………」

何だよこの間は。

「（井ノ崎。コイツにはナニかがあると引き込んだが……やはり〝普通〟じゃない。川神のような天性のセンスも、獅子堂のような訓練に裏打ちされた積み重ねもない。なのに、何故コイツは魔物と平然と戦うことができる？　親和率が精神的なショックを緩和すると言っても、戦いの恐怖や自分の手で魔物を殺す忌避感まで無くなる訳じゃない。だが、コイツはゴブリン解体ショーの次の日、躊躇なくゴブリンの脳天に短剣を突き立てた。当時は〝サンプル〟が手に入ったと浮かれて深く考えなかったが……振り返ると明らかにオカシイ）」

野里教官が思案顔で沈黙している。まさか《偽装》に気付いた？　いやいや、ただの考えごとかもしれない。気にし過ぎるのも不自然になるから駄目だ。

「教官、どうしました？」

「…………あぁすまない、ちょっとな。今後の方針だが……思いの外に順調だから、一年の間にクラスチェンジを目指すことにする。流石に転魂器は使えないから、五階層までのクリアが一つの目標になる」

転魂器というのはクラスチェンジの為のダンジョンアイテムらしい。学園で管理されていて、使用は申請による許可制みたいだからコッソリ持ち出すのは流石に無理なんだろう。

ただ、五階層にあるクラスチェンジ等を可能にするという不思議ポイントを《偽装》で誤魔化せるのかな？　まぁバレたらバレたで開き直るさ。

「クラスチェンジのための石板は、僕がフロアボスを倒さなくても使用できるんですか？」

「……途中経過は曖昧だが、フロアボスを倒さないと石板の機能は使えない。だから、私がある程度弱らせて、トドメをお前が刺すという形で行く。そのためにはレベル【五】は欲しい。私が来られない時は三階層でレベル上げをしておいてくれ。流石にレベルアップは確認しなくても分かるだろう？」

そりゃ分かる。レベルアップは劇的な変化だ。

「ええ。アレを体感で気付かないほど鈍感ではないですね」

「上等だ。レベル【五】もあれば、五階層のボスにトドメの一撃くらいは通じるだろうからな。一人でダイブする時は危なくなれば迷わずに帰還石を使えよ。あと、私がいない時に四階層には決して行くな。魔物の数が一気に増える。ソロでは囲まれるのがオチだ」

レベル【五】への到達に加えて、五階層のクリア（補助あり）。コレが野里教官の考える中等部一年の目標か。

実を言うと、僕は既にレベル【六】の【シーフ：ＬＶ７】だったりする。

これは僕が特別なのか、この世界のダンジョンの特性なのかは分からないけど、完全にソロの時と教官が一緒の時では〝経験値〟の入り具合が違うように感じている。今だってそうだ。別に教官と共闘している訳じゃないのに、魔物を倒した際の感じがいつも違う。もしかすると、完全ソロだとボーナスが付くとか？　少なくとも、他の探索者の話と比較すると僕はレベルが上がりやすいように思う。

本来の学園のカリキュラムでは、中等部一年でレベル【五】、二年でレベル【六】～【七】、三年でレベル【八】が目安のようだけど、今の僕のペースなら一年生の間にレベル【八】くらいまで到達しそうだ。まぁ学園の中等部ではレベルよりもクラスLVや《スキル》の使い方を重視するみたいだけど。

あと、レベル【一〇】が一つの壁であり、高等部二年の夏までにレベル二桁に到達しないと、A・B組から外されるらしい。しかも割と該当者が多く、学園の教官もレベル【九】が過半を占めるという。ダンジョンの中で同じような行動をしていても、レベルの上がり具合は人によって差が大きく、その理由は公式には不明だそうだ。

「(とりあえず、年明けくらいまではレベル【四】だと誤魔化しておこう)」

「(コイツ、まだ何か隠している気がするな……)」

野里教官の前では少し手を抜いている。でも、だからといって余裕がある訳でもない。

三階層では、ゴブリンリーダーを中心とした魔物たちが割としっかりと連携してくる。余程不味い場合は教官の助太刀があるも、基本的には見守りだけ。戦闘自体は僕のソロ対応。

当然囲まれるのは御法度、目の前の相手ばかりに気を取られるのもダメ。先制攻撃の不意討ちから一体ずつ数を減らすのが基本戦法となる。

「(ソロの基本戦法は体で覚えた感じだな。しかし、やけに気配を消すのが上手い。クラスチェンジは【シーフ】系が妥当か？　一撃のパワーが物足りなくなるが……これぱかりは仕方ない。他のサンプルと合流した時に役割分担をさせるか……)」

教官は僕の動きを観察しながら思案していることが多い。最初は感覚派の人かと思っていたけど、割と細かいことをチェックしている。たぶん、背後の組織的な所にも色々と情報が流れているんだろう。……流石に悪の秘密結社とかじゃないよね？

そんな事を考えていると、残りはゴブリンリーダーのみとなっていた。粗末ながら片手剣を装備している奴だ。

「教官。注文通りにリーダーを残しましたよ？」

「よし。五階層のボスはホブゴブリンといって、ゴブリンリーダーの上位互換のようなヤツだ。コイツで少し今後の戦い方を教える」

だそうだ。

五階層のボスはホブゴブリン。ゴブリンリーダーより更に一回り大きく、恐らく今の僕と目線は同じで、体格はゴツい感じ。さらに言えば、曲がりなりにも〝技〟があるようだ。剣を持っていればソコソコの剣術を使い、槍なら槍術(そうじゅつ)。一番厄介なのが弓術で速射や曲射まで使うという。

一応、五階層のボス戦はほとんど教官が対応してくれるらしいけど、このホブゴブリンは六階層からは当たり前のように出てくるみたい。つまり、ボス戦をクリアして先に進んだら、さっき倒したボスが普通にフィールドをウロウロしているという。しかも、普通のゴブリンたちも見た目は同じなのに強化済み仕様。

実は中等部の三年間を通して、生徒だけで六階層へ行くことは禁じられている。六階層のちゃんとした攻略は高等部での卒業課題というレベル。いきなり難易度上がり過ぎだろ。

「まず、三階層までは攻撃を受けないことが前提のレクリエーションみたいなモノで、四階層からは攻撃を受ける前提の実戦と考えろ」

そう言いながら、教官はゴブリンリーダーの振りかぶった剣をそのまま避けもせずに肩付近で受ける。すると、ガッッと音がして剣が弾かれた。教官は平服であり鎧(よろい)等は身に着けていない。生身に金属の塊がぶつかって出る音じゃない。

「見たか？　これが基本だ。体内の魔力(マナ)で身体の全体ないし一部を覆う。《生活魔法》の《活性》を部分的に強くするイメージだ。恐らく無意識だろうが、気配を消すなどで井ノ崎もマナをコントロールできているから、何となくは理解できるだろう」

困惑するゴブリンなどお構いなしに説明を続ける。

気を取り直したゴブリンが、今度は突くように剣を出すが、教官は視線も向けずに僅かに身体を逸(そ)らし、そのまま突っ込んでくるゴブリンの頭を鷲掴(わしづか)みにして無造作に放り投げる。投げる瞬間、教官の腕が大きくなったように感じた。

「ホブゴブリンは力もさることながら、武器を振るうスピードが速い。マナによる強化はタイミングが重要だ。常に強化するという場合もあるが、それでは燃費が悪い。実戦では動きに緩急を付けるためにも、必要に応じて瞬間的に強化する方が有効だ。今、ヤツを投げる瞬間にも腕を強化していた」

かなりの距離を転がったゴブリンが立ち上がり、憎々しげに叫びながら突進してくる。

「……よし、試しにやってみろ」

こういう所は実戦派だね。

でも、何となくは分かった。というか多分、普段から同じようなことをやっていた気がする。流石に生身で攻撃を受け止めるとかはしてないけど。

ゴブリンが走りながら剣を振りかぶった。まぁタイミングが分かり易いから試してみるか。

左腕にマナを集中させ、盾があるようなイメージでゴブリンの剣を前腕で受ける。

ガツリと音がして、ゴブリンの剣撃を弾くことができた……けれど、メチャクチャ痛い。

薄(うっす)らと浮かぶ涙を堪えながら、今度は足にマナを集め、ゴブリンの胸辺りに思いっ切り前蹴りを食らわせる。体勢が崩れていたのもあってか、さっき教官が投げた半分程度の距離まで吹っ飛んでいった。

「こんな感じですかね？　……腕はかなり痛かったですけど」

「……筋が良い。腕の痛みは強化が足りなかったからだろう（こ、コイツ正気か？　いきなり腕で受けるか普通？　頭のネジが飛んでるんじゃないのか？）」

吹き飛んだゴブリンはかなりダメージがあったようで、立ち上がるもヨロヨロと足元が覚束無(おぼつかな)

い。

「……あと、さっきの前蹴りのように、マナを一部に集めれば、それがそのまま武器になると言っても過言ではない。【武闘家】の《オーラフィスト》という《スキル》がその典型だ。《スキル》を体得していなくても、マナの集中により《スキル》を模倣することだってできる」

「……拳とかだけじゃなくて、武器にマナを纏って放つこともできます？　というかソレを自動化するのが《スキル》？」

「あくまで一部の《スキル》ではそうだ。《スキル》の中には特殊な効果が発生するモノもあり、そういうモノはマナの集中だけで模倣はできない。私には《オーラハウリング》という範囲スキルがあるが、他者がマナの集中で模倣できた試しはない」

　そんな話をしていると、ようやくゴブリンが攻撃体勢に入っていた。試しに短剣にマナを纏わせて、ゴブリンの剣を弾く。軽く振るっただけなのに、弾いた剣の遠心力によってか一回転して派手に倒れた。これが人間なら脱臼しているかもね。

「……武器にマナを纏わせるのは、少し慣れが要りますね」

「そうだな。武器を自分の体の一部と認識するとマナを浸透させ易いなどというが……要は慣れの問題に行き着く」

　完全に練習台と化したゴブリンが立ち上がってくる。何だか可哀そうになってきた。

「ギ、ギャガッ!!」

　前言撤回。

ボロボロになりながらも、醜悪な凶相で飛び掛かってくるゴブリンを見ると、スッと哀れみも消えるから不思議だ。

さっきと同じ要領で、マナで強化した短剣を振り抜く。今度は剣ではなく首が飛んでいった。

「……やっぱり一瞬とは言えタメが必要なので、奇襲一発目以外は要練習ですね、コレ」

「(コイツ。天性のセンスは全く感じないのに、何故こうもアッサリとコツを掴(つか)むことができる?)」

「(ダンジョン内での超人的な運動機能、スキルという不思議超能力の燃料が魔力(マナ)……ありがちな設定な分、イメージし易いね)」

第三章　仲間(パーティメンバー)として

1．遭遇

早いもので冬休み。

ダンジョン学園に夏休みはなく、その分とまではいかないけれど冬休みが少し長い。全寮制である編入組は待ちに待った長期の休みであり、里帰りする生徒がほとんどだ。

ちなみに内部進級組は、初等部に入学する時点で大多数が学園都市に家族で移住してきているとのこと。……というかほぼ強制らしい。

帰省する生徒に対して、ダンジョン学園は守秘義務を課しており、学園都市内の施設、学園のカリキュラムなどについての口外は禁止されている。……あまり実効力はないみたいだけど。

「お兄ちゃん、もう探索者になれないんだ……」

「いや、そんな深刻そうにされても、初めから探索者になる気は無かったぞ？」

妹の花乃(かの)は探索者という職業やダンジョン学園への憧れがあるようだ。もっとも、自分がじゃなくて観(み)る方がメインだけど。

「いやぁウワサには聞いていたが、入学の時点で適性を色々と調べられていたとは……。親としては少しホッとしたような、残念なような……」

「お父さん！　なに言ってるんですか！　のんびり屋の真には探索者なんて危険なコトは向いてませんよ！」

久しぶりの我が家。とは言っても、僕の自我は小学六年生の途中からであり、あんまり我が家という実感はない。ただ、そうは言っても、僕の帰省を喜んでくれる人たちに対して、僕だって温かい気持ちにはなる。あり合わせだけど、ちゃんと井ノ崎真としての記憶や感情だってある。

……時々、元々の井ノ崎真が何処へ行ったのか……ということを考えると、漠然とした恐怖を感じる。まぁ……自分じゃどうすることもできないことだけどさ。

まぁそんなこんなで、十二月の上旬から家でダラダラしていたら、年明け早々に叩き出された。家族なので遠慮もない。くそ。

ご近所であるヨウちゃんやサワくん、風見くんまでもが、正月明けで学園に戻ったのを聞いたらしく、両親から『お前も戻れ』とのお達し。

はいはい、戻りますよ。でも両親たちは知らないだろうけど、ダンジョンでの活動時間はヨウちゃんたちよりずっと長いんだよ。ちょっとくらいダラダラしても良いじゃん。まぁ口に出しては言えないけどさ。

「はぁ……結局することも無いし、ダンジョンか……」

既にレベルは【八】。Ａ・Ｂ組が中等部三年で到達する基準に達してしまった。更に【シーフ：

ＬＶｍａｘ】で再度クラスチェンジ、今は回復や強化系魔法で継戦能力を高める為に【白魔道士：ＬＶ８】となっている。こちらもＬＶｍａｘが見えて来た。

　初めて四階層に踏み込んだ時なんかは、油断から囲まれてボコボコにされたし、慣れてきてからも死にそうになったことだってある。そんなやり取りを経て、ボス部屋にはまだ踏み込んでいないけど、今ではなんとか五階層でも活動できるようになった。……ここ最近は作業感が強くてダルい……とは言え、ここまで来たら五階層のボスもソロでクリアしたいという気持ちも出てきている。【白魔道士】のクラスＬＶが上限に達したら、【シーフ】の二次職である【チェイサー】へクラスチェンジして五階層のボスに挑むつもりだ。

　……そんな感じで、帰省して一ヵ月近くダラダラはしていたけど、なんだかんだでダンジョンの攻略について考えていた。

　別に無理にダンジョン探索しなくても良くね？　と思ってもいたんだ。今回の帰省でダンジョンダイブをサボっても、別に何らかのペナルティがあるわけでもないのも分かったし。ただ、マンネリ気味にはなってきているけど、今は〝ダンジョンに呼ばれている〟のを強く感じる。そして、度し難いのが……僕もそれを嫌じゃない……むしろ、ちょっとワクワクしていたりもするんだよな。

　ちなみに、今ではヨウちゃんやサワくんもダンジョンに相当に籠っているし、風見くんも工房に通い詰め。もしかすると、何かしらストーリーに動きがあったのかもしれないけど……最近は皆と連絡を取り合う頻度も少なくなった。それぞれの進路で頑張っている感じがする。

　ま、皆も入学の時から少しずつ変わってきているみたいだ。僕も含めてだけど。

ゴブリンリーダーの首を斬り飛ばす。

すると、その合間を縫って矢が飛来する。咄嗟（とっさ）に首無しリーダーを盾にして矢を防ぐ。肉盾を貫通する勢いの矢だ。その上で続け様に二の矢三の矢が飛んでくる。盾を掲げながらアーチャーとの距離を詰めるけど、途中でゴブリンリーダー（肉の盾）が光の粒となって消えてしまう。

瞬間、光の粒の向こうにいるアーチャーと目が合う。その顔は嫌らしく歪（ゆが）んでおり、明らかに〝盾〟が消えるタイミングを読んでいたようだ。

「……《ホーリー》」

ボソッと呟（つぶや）くと、矢を放つより先にアーチャーの右肩が光の矢によって爆（は）ぜる。残念、少し外れた。僕は動きを止めず、流れるように握り込んでいた石をぶん投げる。

「ギャブッ⁉」

呆気（あっけ）にとられたアーチャーの頭部が陥没した。今度こそ致命傷だろ。それを確認しつつ、左手で短剣を振るいながら横に飛んで地面を転がる。すると、一瞬前にいた場所で四つ足の獣が血塗（ちまみ）れでもがいていた。

「ヤウ……ッ‼」

ウルフタイガーという、狼（おおかみ）なのか猫科の獣なのかよく分からない魔物だ。咄嗟の一撃が上手（うま）く喉を斬り裂いたようだ。ただし、僕の左肩も爪で引（ひ）っ掻（か）かれたようで、少し肉を持っていかれた。アドレナリンの効果なのか、痛みはそれほど感じない。まぁ治すから良いけど。

「……割と深い傷だな。《ヒール》」

暖かい光が患部に集束する。まず血が止まり、徐々に抉られた肉が再生していく。いつ見てもあまり気持ち良いモノではないね。

五階層。

四階層から引き続き、出てくる魔物たちの数が増えてはいるけれど、今の僕はソロでも何とか対処できている。いや、勝てそうな集団としか戦わないってだけか。

今は、短剣を主体とした《気配隠蔽（小）》からの奇襲、投石と《ホーリー》による中～遠距離攻撃で戦法を組み立てている。戦闘の後も《ヒール》《手当》などで回復する事も可能だし、インベントリにはポーションや帰還石、野営装備、大量の食料や水、投石用の石も準備している。

「……安定して戦えるようになったけど、果たしてボスに通じるのやら……」

一応、野里教官にはレベル【五】になったと報告をして《偽装》もそれに合わせるように使っている。教官とボス戦に臨むか、一度ソロで挑戦してみるか……どうしたものか？　ま、どちらにせよ今すぐにどうというわけでもないし、とりあえず今日はここまでにしておこう。

ゲートを潜り、学園の自然公園の茂みの奥に戻ってきた。

当然のことながら、このゲートは管理されていない野良であり、生徒の利用は禁じられている。

それに人目に付くような場所でもない。周囲に人はいないはず……だった。

「………あ」

「……（めっちゃ目が合ってるんだけど）」

ゲートから出てきたら、目の前に普通に人がいた。見た感じは同年代の女子生徒。えっと、どうしよう？　野里教官に丸投げするか？

「え、えーと。ここで何を？」

「…………訓練。そういう君は？」

そりゃソッチも聞くよね。

「く、訓練かな？」

「…………」

苦しい。苦しいよ、言い訳が。

「……野良ゲートから出てきたね」

「そ、そうみたいですね」

じっと見つめられている。不審者を見る目つきだよね。当たり前か。

「……君、何年の何組？」

「（ここはまだ特異領域（ダンジョン）だから、いっそのこと脱兎（だっと）の如（ごと）く逃げる？）」

頭の中で色々と考えてしまう。でも……見つかってしまったのはもうどうしようもないか。個人の判断で足掻（あが）くのは自重するか。

「えっと……八一（はちいち）のH組。そういう君は？」

「三二のB組」

「あ、先輩なんだ。しかもB組。いや、訓練って言うくらいだからAかBは当たり前か……」

野良ゲートを見つけて、そのゲート付近の特異領域を利用して訓練をしていたんだろう。うん。

理由が分かってもまったく嬉しくない。

「それで、君は何をしていたの？」

「え、えぇと………」

所々にフィクションを加えながら、掻い摘んで経緯を説明した。勿論、野里教官には連絡済みで、暫くすると飛んできた。

女子生徒の名は鷹尾芽郁。

B組の二年生。本人曰く『普通』らしいけれど、クラスやレベルとかじゃなくて、何かしらの武を嗜み、かなりの使い手だと思う。特異領域内だからよく分かる。立ち姿からして〝素人〟じゃない。

「……という訳で、コソッとダンジョンダイブしてます。はい……」

「……【ルーキー】のソロで三階層？　信じられない」

「その辺りのコイツの異常性はとりあえず置いておく。とにかく、この件については極秘事項でな……」

流石の野里教官も勢いが弱いね。まぁ僕の不注意だから後で僕にはメチャクチャ怒ると思うけど……。

「……ダンジョンダイブをソロでできるなら、私もお願いしたいです。班単位だと、どうしても他の子とペースが合わないので」

「そう言われてもな……悪いがA・Bの生徒はコッチのカリキュラムは対象外だ。それに鷹尾は内部進級の生え抜きだろ？　流石に無理だ。……個人的には賛成したいとは思うが……」

学園の敷地でも、ダンジョンゲートが発生するエリアというのは、基本都市化されていない辺鄙な場所だ。この鷹尾先輩は、そんな場所まで来て自主練するくらいなんだから、ダンジョンへの意欲は強いんだろう。ソロでのダンジョンダイブを希望している感じだ。

実はダイブ自体は、中等部であっても比較的ルールが緩やかだったりする。班単位で三日前までの申請、学生証を持参、その時点でのカリキュラムによる階層制限……といった具合。中等部二年の終盤ということで、班単位なら、鷹尾先輩はボス部屋以外の五階層まで許可されるとのこと。勿論ソロだと許可は下りない。ソロでのダイブは、レベル【一〇】の壁を突破した高等部二年生でようやく解禁されるらしいからね。

「……でも…………なら……」

「それは…………無理で…………」

かなり食い下がっているようだ。

いやぁ大変だねぇ教官も……なんて風に知らん顔をしていたら、いきなり頭にげんこつを落とされた。

「痛ッ！　……何をするんですか、いきなり」

「いや、原因であるお前が全然反省していない風だからな」

その通り。まったく反省していない。

〝個人的にはありがたかったけれど、元々は緩いルールで放置していたのはソッチだし、こんな事態が起きることを想定しておくのもソッチの役目でしょ？〟

「……くっ。言わせておけば……」

「あ、声に出てましたね。煽るつもりはなかったんですけど……」

「教官。私にもソロダイブの許可を下さい」

鷹尾先輩。見た目は健康的で清楚なお嬢様といった感じなのに、グイグイくるね。諦めない。

「あー！　分かった分かった。鷹尾のことも話をしてみる。当然だが口外は禁止だ。それに結果がどうなるかまでは保証できん。あと井ノ崎！　お前にも詳しい事情を説明しておくから来い！　何を帰ろうとしている！」

あれ、僕も行くの？　もう明日以降のダンジョン攻略だとか、《スキル》構成だとかを考えようと思っていたのに。

「あー別に僕はいいですよー。鷹尾先輩に便宜をはかる相談でしょ？」

「このッ！　……お前だって薄々は気付いているだろうに。気にはならんのか？」

「組織的な背景のことですか？　お気遣いはありがたいんですけど、今はあんまり興味ないです。

明日の探索の準備もありますし、僕は帰りますよ？」

「……ダメに決まっているだろうが！　鷹尾のこともそうだが、お前に関わることでもあるんだから来い！」

「えぇー……？」

どうせ〝本当のこと〟をちゃんと教えてくれる気なんてないだろうに。それに、薄らとであっても、組織的な背景を知らされると余計にややこしそうじゃん。非力な内にはあんまり裏の背景なんて知りたくない。僕は普通に帰りたいんだよ。まぁ……元はと言えば僕が悪いんだけどさ。逆らえない教官に行動を強制されるとイラッとするのは別問題だ。


で、プリプリする教官に連れられて来たのが、学園の本棟。

他の校舎とは少し趣が違う。聞けば、学園が管理する中で一番大きなダンジョンゲートの真ん前に建てられた、一番古い建物らしい。

今は生徒が立ち入ることは少なく、比較的立場のある教官や教師のみが出入りする、いわばこの学園の中枢やら権威を象徴する建物となっており、来賓を招くのにも使われるらしい。

僕は学園のやり方に反対する組織みたいなのがあって、学園の有志一同も積極的に関与しており、野里教官はソコに属するエージェント的な感じ……みたいに思っていた。

でも、どうやら学園内の派閥違いみたいな感じで、まったくの別組織が暗躍しているとかではないっぽい。

「……本棟に立ち入るということがどういう事か、鷹尾は理解しているな？」

「……はい。それは勿論。……教官、コレはそこまでのことだったんですか？」

「そうだ。ただの思い付きなどで無いのは確かだ」

鷹尾先輩に教官も……かなり緊張している？　本棟に立ち入るってそこまでのことなの？

「あの……僕にはサッパリなんですけど？」

「……井ノ崎。後で詳しく説明はしてやるが、この本棟は学園の中枢であり、今から会うのはこの学園の重鎮の方だ。頼むから大人しくしておいてくれ」

おぅ。思ったよりも大変そうだ。いつも僕には不遜な教官がこんな顔色になるとはね。

本棟の外観は重厚感とエレガントさが入り交じった欧風モダンなイメージ。他の校舎や寮が機能性一点張りな分、余計にそう感じる。迎賓館として使われるのも納得だよ。

ただ、僕たちは正面入口ではなく、外門の脇に建てられた警備用の小屋へ。何でも、この小屋から敷地内の地下通路に入るみたい。秘密結社かよ……と思ったけど、景観を守るために関係者は地下通路を通って本棟に入るのが普通だそうだ。いちいち正面のバカデカい門を開閉するのも無駄と判断されたようだ。デザインと実用性、両立は難しいね。

そんな感じで、実用一点張りな地下通路とエレベーターを駆使し、野里教官に引き連れられて目的とする部屋に到着。

さてさて、鬼が出るか蛇が出るか。どっちも面倒くさそうだけどさ。

2. 被検体（サンプル）

部屋の中は、少し昔のマフィア映画でしか観たことが無いような『ボスの執務室』みたいだった。

「それで？　野里教官の担当する〝サンプル〟のミスで他の生徒にバレたと？」

「申し訳ございません。言い訳の余地なく、私の監督不行き届きです」

僕と鷹尾先輩はドア付近で立たされており、今はデスクに腰掛けるボス……もとい「第二ダンジョン学園特殊研究室室長」に対して、野里教官の謝罪劇場が展開されている。

「……元々杜撰（ずさん）な計画でしかありませんからね。自主練に熱心な生徒の全ての行動を把握することなどできはしません。ただのアクシデントですよ」

「……それでも、やはりその責任は私にあります」

「それを言うなら……責任の所在は計画を立案、実行の指示を出している我々にあります。……野里教官、貴女（あなた）の謝罪は受け取りました。今は次の話に移りませんか？」

そう言いながら、こちらへ視線を向けた。

ダンディな紳士という風体である、波賀村成一（はがむらせいいち）。このダンジョン学園の理事の一人らしい。

脇にいた執事さん……なわけはなく普通に秘書だろうけど、その方の勧めで僕等はソファに横並びで腰掛けることに。

「三二のB組、鷹尾芽郁さん。君はソロでのダイブを希望しているというが……それは本当かね？」

「……は、はい。できるならお願いしたい……です」

何だろう？　確かにこの波賀村理事は偉い人みたいだけど、そんなに緊張するほどか？　いや、緊張じゃないのか。鷹尾先輩も野里教官もガチガチだ。まぁ……理由に心当たりはあるけどさ。この理事、柔和な感じだけど酷(ひど)いことをするね。思わずイライラしてしまう。野里教官はともかく、鷹尾先輩……子供相手に何てことしやがる。

「鷹尾さんは既にB組でのカリキュラムがあるが、それでもソロダイブを希望する理由を教えて欲しい」

「……え、えっと……今の私はレベル【七】なのですが……訓練をしたくても、他の班員と意見が合わずダイブできないことが多いので……」

中等部も高等部もダンジョンダイブは班単位での許可制。他の人と意見が合わなければダイブができないということも当たり前にある。……班単位であることから、時にはイジメや露骨な嫌がらせのようになる場合もあるらしい。

「中等部二年、直に三年となるが……今の時点でレベル【七】とは素晴らしい。他の班員と意見が合わないのも辛(つら)いことだろう。……しかし、やはり君のソロでのダイブは認められない」

柔和な表情ではあるけれど、断固とした意思を感じる。ただの紳士的な好々爺(こうこうや)という訳でもないのは当然か。

鷹尾先輩にも波賀村理事の意思は伝わっているようだね。

「……ッ！　じ、じゃあなぜ彼はソロダイブが許されているのですか？　しかもH組だと聞きました。彼にできるなら私にもできるのでは⁉」

「鷹尾、少し落ち着け」

教官が抑えに回るとはね。鷹尾先輩って割と激情家なのかな？　あ、このコーヒー美味（うま）い。

「野里教官、構いませんよ。鷹尾さん、彼……井ノ崎君は特別です。そもそも初めからソロダイブありきの生徒であり、我々のとある実験に付き合ってもらっているのです」

〝へぇ。そうなんだ。知らなかったよ。僕は野里教官の個人的なスカウトって聞いてたけど……流石に海千山千の大人だね。こんな場面でも根回し無しで平然と嘘（うそ）つくんだ〟

「お、おい⁉　井ノ崎！」

「あ、口に出てた。すみませんね。今、初めて聞いたものですから……つい」

どうでも良くなってきた。こんな茶番。それよりもとっとと止めて欲しい。ソレを。

「それで野里教官。詳しい説明をすると言ってましたけど、それはいつから始まるんです？　別に僕は今の処遇に不満はありませんし、話がないなら帰りたいんですけど？」

「お、お前！　何てことを言うんだ！　理事に謝罪しろ！　す、すみません、波賀村理事、躾（しつけ）のなってない奴（やつ）で……私の責任です」

野里教官だけじゃなくて、何故（なぜ）か鷹尾先輩まで焦っている。そりゃそうか。こんな脅しを食らっていたら神妙にもなるだろうね。

「ほほ。構いませんよ。活きが良い生徒は嫌いではないです。それに、確かに説明をしていないのはこちらの都合ですから……井ノ崎君は自分の参加している実験のことが知りたいようだし、そちらの話をしましょうか。どうせなら鷹尾さんも聞いて行きなさい。それで判断すればよろしい」

「まぁ説明してくれるなら話は聞きます。でもその前に、なぜ理事は特異領域外で《スキル》を使用できるんですか？　いちいち不愉快なので止めてもらえません？　子供相手に大人げないと思わないんですか？」

そう。このジジイは《テラー》とかいう、バッドステータス付与の《スキル》をずっと使っている。もしかしたら《スキル》じゃなくて、何らかのダンジョンアイテムかもしれないけどさ。

教官や鷹尾さんの過度な緊張はこれが原因だろう。

この部屋に入った瞬間、僕のステータスウインドウが勝手に発動したのも何か関係があると思う。こんなのは、教官に連れられた二回目のダンジョンダイブ以降初めてだ。

前世の記憶なりがあっても、僕だって今は子供の身だ。鷹尾先輩だってそう。ガキんちょをこんなにも直接的に脅しつける奴が理事だなんてね。恥ずかしくないのか？

「……ほう。君は分かるのか？　やはり君をサンプルとして選んだのは正解だったようだ」

「いや、そんなのはいいから、早く《スキル》を解いてくれません？」

ただでさえ無理矢理に連れてこられてイライラしていたのに、更にイライラが募る。何故か僕にはコイツの《スキル》が効かない。ステータス画面に『《テラー》を無効化しました』の文字がずっと流れている。《スキル》の効果は無くても、この文字がずっとチラチラしてるのも鬱陶しい。

いや、別に僕のことはどうでも良い。そんなことより、鷹尾先輩（子供）が青白い顔で震えているのが見えないのか？

「……済まないが、これは任意でオンオフができない。我慢してもらうしかない」

は？　何だソレ？

話を聞くに、この波賀村理事は伝説の探索者として有名らしい。何でも、日本では初めて二十階層を超えた探索者チームのリーダーを務め、先達として後進の指導にも余念が無かったという。

ある時、ダンジョン内で何らかの事故に遭い、探索者を引退してダンジョン学園の運営にまわったとのこと。

「で、その事故の後遺症として、その迷惑な《スキル》を垂れ流すことになったと？」

「井ノ崎！　失礼だろうが！」

「いや、野里教官。良いんだ。井ノ崎君の言うことは事実だ。……私は二十三階層である魔物を倒して……以来このような体質になった。今はまだマシな方だが、特異領域（ダンジョン）内ではこの比ではない。この学園の中枢にいる者は、皆なんらかの後遺症……〝ダンジョン症候群〟を患っている。この本棟はそういう連中を隔離するという意味もあるのだ」

なるほどね。野里教官が言っていた本棟に立ち入る意味っていうのはこのことか。確かに一般の生徒が知らなくて良い情報だろう。

ダンジョン内では、怪我（けが）や命の危険の他、こんな迷惑な後遺症を負うリスクもあるということか。

　勝手にイライラしてしまったのは悪かったかもしれないけど……だからと言ってやることは変わらないや。

「……そちらの事情は分かりました。これまでの失礼を謝罪します。すみませんでした。……それはそれとして……なら手早く僕がサンプルとして参加している一連の実験？　のことを教えて貰えますか？　僕が野里教官に指導を受けているのは、当然に教官の個人的な意向じゃなくて、学園の何らかの企みなんでしょう？」

　僕にとってはこっちが本題だ。悪いけど波賀村理事の事情なんてオマケに過ぎない。そりゃ大変だなぁ～とは思うけどさ。それよりも、そんな事情でダメージを負う羽目となってる鷹尾先輩もかわいそうだよ。冷静であろうとしているけど、まだ震えている。

「君が参加している実験計画は、野里教官が伝えている通り『ダンジョンの深層を踏破できる探索者の育成』がメインなのは間違いない。学園が主導であることは伏せられていたと思うが……」

「ええ。教官の背後にいるのは、学園とは対立する別組織じゃないかと勘繰っていましたよ。まぁ途中から、学園の設備をこれだけ好き勝手に利用している以上、学園側にも関与している人たちがいるんだろうと思い直しましたけど」

「……お前、ちゃんと理解していたのか？」

　驚くようなことではないでしょ。というか、僕はあんな雑なやり取りで騙される奴と思われていたのか……そりゃ今の見た目はガキんちょだけどさ。いや、違うか。実のところ、前世の記憶はあるけど、感性だとか考え方もちょっとガキっぽくなってる気がする。

「それで、波賀村理事の話しぶりでは、メイン以外にも目的があったということですか？」

「そうだ。解り易いのを並べると……〝超越者〟を探すのが一つ。完全なソロダイブでのダンジョン内活動の影響を調べることが一つ。親和率の高さが及ぼすダンジョンの影響を調べることが一つ。……という具合だ。実はまだまだ実験内容はあるが、今はこれ以上を伝えることはできない。そもそもまだ君は他の実験計画に参加していない段階だからね」

なるほど。やはり完全なソロダイブも実験の範疇か。レベルアップが早いのは僕が特別なのではなく、ダンジョンのボーナス仕様みたいなものか。あと、ダンジョン症候群とやらを治療するとか、その原因を調べるというのも計画に織り込まれている気がする。

「まぁ僕は難しいことは分かりませんが、結局のところ、波賀村理事のようなダンジョン症候群について、親和率との関連性は見つかったんですか？」

「……いや、現時点ではあまり関連性はない。親和率が極めて高くても特に問題がない者も多い。特定の魔物を倒すというのも違った。私のようなダンジョン症候群の原因や治療法は不明なままだ」

何だか嘘の匂いがする。もうとっくにダンジョン症候群の原因とかは判明してそうだ。治療法がないっていうのは本当みたいだけど。

「……す、すみません。少しよろしいですか？」

「ん？　あぁ構わないよ」

鷹尾先輩のターン。かなり顔色悪そうだけど大丈夫かな？　震えも治まってないし。

「……ありがとうございます。気になることは色々あるのですが……今のお話では、A・B組のカリキュラムでは、深層を踏破できないと学園側は考えているのですか？」

そりゃ気になるか。B組は探索者の養成だと言われているのに、実は裏では深層の踏破を期待されていないと聞かされれば心外だろう。

「決してそうではないが、そうでもあるとも言える。残念だが今の学園は『安全に、効率的に、既存の階層で成果をあげる』という方針であることは間違いない。国からもソレを期待されている。しかし、だからと言って全員がそうであるとは考えていない。ここにいる野里教官もその一人だ。ダンジョンの深層へ到達する。未踏破エリアを踏破する。その気概を持ち、資質がある。そのような生徒に対して、特殊なカリキュラムを課すこともあるというだけだ」

いやいや、それじゃ余計に酷い。鷹尾先輩に『お前には気概も資質もない』と言っているようなモノでしょ。

「……私にはその資格がないとおっしゃるのですか？」

「そうではない。ただ、今の段階で君はB組のカリキュラムに組み込まれている。この実験はあくまでも小規模で行っている段階だ。当然のことながら取りこぼしはあるし、基本的に初めから優秀な人材は実験には選ばれていない」

おいおい、今度は僕にダメージだよ。何だよ優秀じゃないって。まぁ分かっているから良いけどね。実際、井ノ崎真の成長限界は低かったし。学園の選定は概(おおむ)ね適性に沿っていると思う。

それに、どうせ潰れても気にならない所から選んでいるんだろう。内部進級の生え抜きの生徒をこんな実験で使い潰す訳にはいかないはずだ。

「……優秀なら選ばれない……。なら、実験に選ばれた彼は結果を出せているんですか？　私が代わりに実験に参加することで、より良い結果が出せるとしたら？」

う～ん……鷹尾先輩、この子は一体なんなんだ？　ヨウちゃんやサワくんとはまた少し違う。野里教官のような偏執さはないけど。ダンジョン……に対してかは分からないけど、何らかの執着のようなモノを感じる。そこまでソロダイブしたいの？

「波賀村理事。この鷹尾、調べたところかなり優秀です。恐らく現時点では三年を含めても中等部の中ではトップクラスです。早々に潰れることはないかと思いますが……それに知られてしまった以上はある程度協力を仰ぐ方が得策かと……」

「私も鷹尾さんのデータは確認させてもらった。優秀なのは間違いないだろう。しかし……」

「あの～話の途中で申し訳ないんですけど、ちょっと良いですか？　そもそも、鷹尾先輩は何故そこまでソロダイブに拘る(こだわ)んです？」

話が長くなる一方だったから、さっさと本質である鷹尾先輩自身がソロでダイブしたい理由を尋ねる。

何でここまで切羽詰まってソロダイブをしたいと申し出るのか……？

あと、どうでもいいけど、鷹尾先輩が僕を見るときの感情の抜け落ちっぷりが酷い。まるで僕とは話をする価値がないとでも言いたげだ。傷付くぞ？

「……私は別にソロダイブに拘っているのではなく、自身のダンジョンでの成長を求めているだけ。今の班、カリキュラムでは物足りないから」

全てが嘘ではないけど、本当のことでもない。……ってな感じかな？

おかしいね。野里教官みたいに僕まで勘で判断するようになるとは。

でも、最近は少し不思議な感じがしている。特異領域を離れても、自分の中にマナを感じるし、多少の身体強化程度ならできそうなくらいだ。

「僕は他のメンバー……〝サンプル〟を知りませんけど、鷹尾先輩の目的がダンジョン内での成長というなら、同じレベル帯のサンプルとチームを組んだら良いのでは？　完全ソロダイブの実験結果なんて、ある程度は既に結果が出ているでしょう？」

「……おい、井ノ崎。お前はどこまで知っている？　……いや、そもそもお前は何者だ？　どうして波賀村理事の前で平然としていられる？」

あれ？　何だか野里教官が不穏だよ。波賀村理事の《テラー》の影響でイライラしているのかもしれないけど……間合いを外せないような至近距離で殺気立つのは止めて欲しい。

隠しているつもりだろうけど、教官が収納袋に手を添えているのは分かっているよ。まさかこんな室内で〝抜く〟つもり？　武器を使ってまで僕を黙らせる？　そこまでやる？　情報を吐かせる？　ははは………舐めるなよ？　悪いけど、インベントリが使える以上、ダンジョンの外でこの距離なら僕でもそれなりに〝やれる〟。先に仕掛けようとしたのはそっちなんだから、文句はないでしょ。

「……クッ⁉」

　と思ったら、野里教官はソファを飛び越えて距離を取った。僕がインベントリから短剣を出そうとした瞬間に察知するとはね。勘が鋭い。流石は野里教官。

　……まぁ、いいか。別に本気で仕掛けるつもりはなかったし、今の動きが見られただけでも勉強ってことで。ちょっとやり過ぎた気もするけど……気にしない気にしない。

「野里教官。今のは貴女が不用意です。すまないね、井ノ崎君。……それにしても、君は本当にレベル【五】の【ルーキー】なのか？　いま、何をしようとしたかは具体的には分からないが、もし彼女が飛びのかなければ……」

「気のせいじゃないですか？　あ、話が長いからちょっとイライラはしていましたけどね。そのせいかもしれません」

　僕は殊更にわざとらしく、気取ってコーヒーを飲む。

　いや、本当はそんなに余裕もないんだけどね。今の野里教官の反応を見るに、ダンジョンの外でアレだ。ダンジョン内だともっと差が大きい。今の僕よりずっと強い。インベントリを利用して不意はつけても、正攻法だと厳しいし、多分全く敵わない。僕がインベントリアタックで短剣を抜いていたら、普通にやり返されてたかも……ちょっと興奮と恐怖で手が震える。

「それで？　鷹尾さんを実験に参加させる云々はどうするんですか？」

「……野里教官。貴女が担当する〝サンプル〟で該当者はいますか？」

「……該当者はコイツくらいです。他の〝サンプル〟はまだＡ・Ｂに追い付いてもいません」

野里教官がメチャクチャ睨（にら）んでくるんですけど？　ちょっとやり過ぎたのは認めるけど、しょうがないでしょ？　そもそもソッチが暴力に訴えようとしたからじゃん。加減をちょっと間違えたのは悪かったけどさ。大袈裟（おおげさ）に超反応する教官も悪いんだよ。うん。責任転嫁だ。分かってる。

「どうだろう、井ノ崎君。一度、鷹尾さんと組んでダンジョンダイブを頼めないか？」

「……いや、ちょっと勘弁して欲しいです。僕は早くレベルを上げて次の階層に挑戦していきたいので……。第一、鷹尾先輩は物理アタッカーで【剣士】とかだと思いますし、チームとしてはバランス悪いですよ。それに、二人でダイブしたら完全ソロのレベルアップ短縮という恩恵が貰えないじゃないですか」

野里教官だけじゃなく、鷹尾さんからの視線も強くなった。今日は女難の日だね。

「……井ノ崎君。先ほどの野里教官のセリフではないが、君は一体どこまで知っているんだね？」

あれ？　女性陣だけじゃなく、波賀村理事に秘書さんまで圧が強くなってるよ？

え？　完全ソロのボーナスってそこまでの秘密だったの？

嘘だろ……『俺、また何かやっちゃいました？』……ってヤツを素でやらかしたの？

3．相性

今日も今日とてダンジョンだ。楽しいね。はは。

ふぅ。気を取り直していこう。

あれから数日。色々あってダンジョンだ。

あとついでに、不本意ながら鷹尾先輩と試しでペアを組まされることになった。まぁ鷹尾先輩の能力確認がメインだけど……このまま正式にペアになったら、彼女が強くなるのを待たないと次の階層に行けないし、ステータスウインドウやインベントリのこともあるし色々と面倒くさい。

波賀村理事はダンジョン症候群で来られなかったけど、野里教官、鷹尾さん、執事……もとい、波賀村理事の秘書である市川（いちかわ）さん。このメンバーで三階層に来ている。

市川さんは記録係で、何やらよく分からないゴッツい機械を背負い、手にカメラを持ち、耳の横にも小型のカメラをセットしている。こっちの世界にもアクションカメラってあるんだね。世界の辿（たど）った歴史が違い、ダンジョンなんていう不思議テクノロジーがあっても大まかには向こうの世界と同じような技術力みたいだ。

「……それで？　僕はどうしたら良いんですか？」

「井ノ崎。お前がナニかを隠しているのは知っている。まずは普段通りに魔物と戦ってもらう。あくまで普段通りだ。小細工はするな。ダンジョン内で〝本気〟の私を出し抜けると思うなよ？」

「……この間のこと、まだ根に持ってますよね？　あれは野里教官が先に手を出そうとしたからですよ？」

「黙れ。こそこそと手の内を隠しやがって。今日はある程度は見せてもらうぞ」

ははは。ある程度ね。やはり野里教官は話が分かる。いや、探索者たる者、秘密の一手を持つのも当然だと考えているのかもしれない。

「……私はどうすれば良いですか？」

「鷹尾もまずは見学だ。コイツの戦いぶり……ソロでの戦法を観ておけ」

「分かりました。【ルーキー】の戦法が役に立つとは思えませんけど……」

何だろう？　鷹尾さんにはかなり嫌われている気がする。お互い嫌い合うほど接してないよね？

H組のクセに特殊な実験に選ばれやがって！　とかいう理不尽な逆恨みか？

今回、学園の理事が関与しているということが正式に判明した以上、野里教官を出し抜くとかはもう考えない。全てではないにしろ、ある程度はこちらの情報を出して素直に協力を仰いだ方が良いだろう。マンネリ化していたダンジョン探索にも少し変化が出るしね。

習熟訓練を兼ねて、クラスチェンジしたばかりの【チェイサー】の戦い方をお披露目しようか。

「では、早速ですが……恐らく六十秒ほどで接敵するゴブリンチームがいますので、そいつ等を始末しましょう。方向は二時の岩陰付近です。僕は準備があるので行きますから、ここでその様子を見物しておいて下さいな」

そう言いつつ、僕はゴブリンチームの後ろへ回り込むために駆ける。

【シーフ】の二次職として【チェイサー】と【ローグ】が二択で出てきた。

クラスの特性は【チェイサー】が【シーフ】の正統進化系で、【ローグ】は若干攻撃寄りに進化という感じだった。ソロダイブが基本である以上、僕は【チェイサー】を選択した。戦い方も今までとほぼ同じで問題ないしね。

クラスの補正なのか、これまでよりも気配を消した際に見つかりにくくなった。五階層で出てくる獣系の魔物にはバレることがあったけど、ゴブリンたち相手だと、先に捕捉されることは無くなった。つまり、五階層までのゴブリンたちなら奇襲がほぼ成功する。

僕は気配を消しながら、ゴブリンたちの後ろへ回り込む。……というか、最後尾のゴブリンメイジの真後ろを一緒のチームみたいに歩いている。本当に気付かれないモノなんだね。

斥候代わりなのか、少し距離を開けて先頭を行くゴブリンソルジャーが、教官たちの姿を捉えたようだ。即座に後ろにいる仲間たちに伝えようと振り返ったところで、ようやく僕の姿を目視で確認することになる。

「ギ、ギャーガガーッ⁉」

遅い。

騒がれる一瞬前に、距離の近いメイジの首を斬り飛ばす。短剣を振り抜いた後、すぐに逆手に持ち替えて、前にいたリーダーの後頭部に突き立てる。

リーダーの前に位置していたウォーリアがようやく事態に気付いたけど、即座に短剣を手放し、ウォーリアがハンマーを振りかぶる前に、マナを込めた蹴りで喉(や)を潰す。致命の一撃だ。

斥候のソルジャーは、前方にいる教官たちではなく、仲間を殺った僕を標的にしたようで走って戻ってくる。仲間思いないいヤツだね。

僕としては、ソルジャーが必死に走ってくるのを待つ気はなく、インベントリから取り出した石をぶん投げる。投擲(とうてき)モーションを目にしていただろうけど、想像より速かったんだろう。ソルジャーは避ける素振りをしたけど間に合わず、頭部に直撃を受けて仰向けに倒れた。

特にドロップアイテムもないだろうし、あっても別に今は要らない。リーダーの後頭部に刺さったままの短剣を引き抜いて、教官たちのもとへ戻る。


「……と、まぁ、本当の意味での普段通りはこんな感じですね」

「……やはり隠していたか。レベルもだが……お前もはや【ルーキー】じゃないな？　どこでクラスチェンジした？　今の動きは【シーフ】……いや【チェイサー】か？」

凄(すご)いな。動きでだいたい分かるのか。

「その辺りはご想像にお任せしますよ。普段は五階層で活動している……とだけ言っておきましょうか」

「ふん。どうやって学生証を誤魔化したんだか……まぁ良いだろう。お前がサンプルたちの中でも特殊なのがこれでハッキリした。市川さん、今のはリアルタイムで波賀村理事へ？」

「はい。ここでの記録は、波賀村理事もリアルタイムで確認しています」

ダンジョンという一種の異世界。

そこからの映像や音声をリアルタイムで送るっていうのは、紛れもないダンジョンテクノロジーだろうね。

「……レベルは？」

「え？　……あ、ええと……いまは【八】かな？」

「……そう。答えてくれてありがとう」

鷹尾先輩に聞かれて答えたけど、とてもありがとうって顔ではない。感情が抜け落ちて能面みたいになってるから。更に握りこんだ拳がギリギリ鳴ってるし。何なのこの子？　重度の負けず嫌いか？

「僕はある程度の手の内は晒しましたけど？　野里教官や波賀村理事は何を教えてくれるんですかね？」

「くッ。調子に乗りやがって……。まぁいい。お前になら今後の計画をある程度は話しておこう。改めて後日に連絡を入れる。それで、次は鷹尾だ。今のと同じ芸当をしろとは言わん。一度お前もソロで戦ってみろ」

「……はい。分かりました。別の意味で彼の動きは参考になりませんでしたが……やってみます」

次は鷹尾さんの番か。

想像していた通り、彼女は【剣士】だった。武器は何と日本刀。侍ガールだ。

何でも、実家が古武道を教えている名家だそうで、柔術、合気道、甲冑術なんてモノまで教えているらしい。その中でもメインは剣術。剣道じゃない。剣術だってさ。

このご時世にねぇ～って思っていたけど、こっちの世界では魔物との戦いが現実にあるため、探索者や探索者志望の人たちに向けての教室はかなり盛況なようだ。異世界のカルチャーギャップがこんなところにもあった。

彼女はそんな家に生まれ、幼いころから剣術を始めとした古武道に親しんできたらしい。五歳のころに受けた親和率の検査により、ダンジョン学園の初等部へ。

そこまでは良かったんだけど、彼女はかなりストイックな性質で自分にも他人に厳しいというタイプ。元々の能力も周囲より頭抜けていたこともあり、度々周囲との摩擦があったらしい。

結果、初等部からの仲間、中等部からの編入組、どちらともあまり上手くいっていないとのこと。全部教官からの情報だけど。

ソロでのダンジョンダイブを希望しているのは、そういう背景もあるようだ。

「あ、ちょうど良さそうなゴブリンたちが六時の方向にいますね。さっきの戦闘の影響か、こちらには既に気付いているので奇襲はできませんけど……」

「よく気付くな。……あぁ、アイツ等か。ゴブリン三体か。正面からとなるが大丈夫か？」

「はい。問題ありません。そもそも私には奇襲を仕掛けるノウハウがありません。正面からの斬り合いの方が分かり易くて良いです」

戦い方も侍かよ。いや、武士道的なモノじゃなく元々の性格や性質なのか？

胸当て、籠手という軽装な防具に武器は日本刀の二本差し。脇差と打刀というんだっけ？

徒歩を前提として使うヤツ。

相手は片手剣のゴブリンリーダーにそれぞれ槍と手斧を持っているソルジャーが二体。遠距離の得物持ちがいない。ゴリゴリの近接戦闘。

鷹尾さんが打刀に手を掛けながら歩いていく。その後ろ姿は美しい。まさに武門の人って感じだ。

ゴブリンリーダーは警戒しているのか、まずはソルジャー二体が先行して駆けてくる。その姿を確認して歩みを止め、抜刀の構えで待ち受ける。カウンター型の戦法か。

先に接敵したのは槍持ち。

ソルジャーが槍を突き出した瞬間、その穂先が斬り飛んだ。居合いというヤツだろう。そのまま歩を進めて、片手で刀を振り下ろしてソルジャーの脳天をカチ割った。斬るんじゃなくて鈍器的な使い方。メッチャ力強い。

刀が引っ掛かったのか、即座に打刀を手放し、手斧のソルジャーは脇差しを抜いて迎え打つ姿勢。……かと思ったらいきなり懐に飛び込んで体当たりした。勿論脇差しを突き立てる体勢で。

こちらも即座に脇差しを手放し、ソルジャーの腕を取って投げる。背負い投げみたいな感じかな？

遅れてきたリーダーに背を向けた状態となり、後ろから斬りかかられるも、軽く身をズラして避(よ)ける。完全に読んでいたみたいだ。

空振りして体が流れたリーダーの横合いから、顔目掛けて掌底を打ち付ける。ここから見ても、リーダーの首がズレるのが分かった。致命傷だ。

そして、しばらくは警戒したまま。残心ってヤツかと思っていたら、徐(おもむろ)に手斧のソルジャーの首を踏み折った。躊躇(ちゅうちょ)なし。まだ息があったんだろう。

三体とも光の粒と消えた後、ようやく刀を回収して戻ってきた。

想像していた以上にドッシリと足を止めての接近戦だった。しかも割とパワー型。見た目じゃ分

N.D.E.T.S

からないモンだね。

どちらかと言うと野里教官もパワー型だけど、基本は動き回りながらの戦闘スタイル。鷹尾先輩とはかなりタイプが違う。

「班では相手の前衛を引き付ける物理アタッカーという役回りです。いつもと同じように戦うとあのようになります」

近接での避けタンクみたいな感じかな？　……っていうか、僕、ゲーム的な用語はメチャクチャ覚えてるな。前世の記憶では殊更にゲーマーだった訳でもなかった筈なんだけど……？

「そうか。班での役回りとしては上々だと思う。しかし、ソロダイブでは少し不安が残るな。囲まれた際に血路を切り開くことでしか抜けられない。若干の立ち回りの変更が必要になるだろう」

「……そうですか。確かに今回は三体でしたが、あと二体多ければ結果は違っていたとは思います」

淡々とした反省会。自分の戦闘スタイルの欠点も分かっているようだ。

「井ノ崎。お前の目から見て、鷹尾の動きはどうだ？」

こっちに振るな。ほら、ギギギって音がしそうな感じでこっちを向いたよ。ホラーだよ。本人の前でこの子について意見なんて言いたくないよ。

「えー、良かったんじゃないですかー」

「……真面目に答えろ。悪いが私の中ではお前と鷹尾を組ませることは確定している。今の内に言いたいことを言っておけ」

くそ。そりゃそうなるだろうとは思っていたけどさ。

「……真面目な話をすれば、確かに僕とはスタイルが被りません。なので、遊撃と主攻という感じでチームは組めると思います。ただ、教官が言うように囲まれた時の対応を二、三考えておかないとダメかと……。完全ソロのボーナスを消すなら、別に二人じゃなくていっそのこと三人とか四人で組んだらどうです？　サンプルのメンバーで数が揃わないなら、Ａ・Ｂから人を募るとか？　どうせＢ組の鷹尾先輩を引き抜くなら同じようなモノでは？」

そうだよ。何もわざわざ二人だけで組まなくても。

「横からすみません。それについては波賀村理事にも考えがあるようです。今週の臨時理事会で議案を提出する予定となっており、結果によっては可能かと」

市川さんがそんなことを伝えてくれた。一応、検討はしてくれているということか。

「……理事会がどうであれ、井ノ崎と鷹尾が組むのは変わらない。……それで鷹尾はどうする？この条件で嫌だと言うなら、山ほど誓約書を書いて終了になるが？」

「…………」

いやいや、なぜ僕には選択肢がないんだよ？

「……私は……それで構いません。班の人たちと離れてダイブできるなら……」

「そうか。なら何も言うまい。準備にしばらく時間がかかる。事前に言っていたように、この実験に参加するならＢ組は外れてもらう可能性がある。それも承知の上だな？」

「……ハイ。自分を高みへと導くためなら、Ｂ組の肩書に未練はありません。家族も賛成してくれるでしょう」

　はい？　Ｂ組外れるってことは、表舞台から外れるってことでしょ？　卒業後に探索者としての登録とかどうなるんだろ？　基本は学園をＡ・Ｂ組で卒業しないとダメなんじゃなかったっけ？　あと、家族も賛成って……僕の場合は親への報告とかないよね？　僕の扱いって雑じゃね？

「ええと……結局、僕と鷹尾先輩の二人でダイブするんですか？」

「いや、井ノ崎は今まで通りにソロでダイブしてろ。鷹尾と連携の訓練はするが、正式に合流するのは早くても来年度からになる。お前と違って鷹尾の場合は準備が必要だからな。その間に精々レベルを上げておけ。鷹尾が合流した後、付いていけないとなったら承知しないぞ」

「はいはい。分かりました。分かりました」

　ん？　鷹尾先輩の視線を感じる……もしかすると、僕のこういうところが勘に障るのかもね。すまぬ。

４．同志

　あれからしばらくはソロダイブを繰り返し、たまに野里教官が鷹尾先輩を連れてきていた。まだ連携というほどの立ち回りはお互いにできていない。二人がそれぞれに相手を倒しているというレベルだ。

正直、鷹尾先輩のことはよく分からないけれど、ポツポツと話をするようにはなった。多分、僕みたいなタイプが元々嫌いだったみたいだけど、面と向かって『我慢する』と言われた時には色々と通り越して笑ってしまった。根が真面目な人なんだろう。

B組を外れることはほぼ決定事項となったようだけど、本当に未練はないらしい。というか、周りとの考え方の違い、理想像の押し付けなどがプレッシャーだった……みたいなことを言っていた。

『誰かのためではなく、ただ私は自分のために自分を鍛えたい』という発言もあるし、鷹尾先輩マジ武人。ただ、ちょっと違和感。何と言うか……無理をしているというのも違うんだろうけど、彼女にはナニかがある……あるいは無い？　良く分からないけど違和感を覚える。

ま、それはともかくとして、あんまり班とか組とかに馴染まないタイプだったんだろうとは思う。

色々と動きがあり、ダンジョンダイブが作業的になっていたけれど、ひとまずは落ち着いた。野里教官の背後に悪の秘密結社とかが無かったのが判明したのも良かった。いや、このダンジョン学園自体が秘密結社みたいなモンだけどさ。まぁそこはあまり言うまい。

そうこうしている間に、年度が替わり僕は中等部の二年生に。

何だかんだと言っていたけれど、僕は結局H組のままだ。カリキュラムは中等部の義務教育的なモノ以外は白紙という潔さ。おかげで問題児扱いだよ。よく分からない学園の実験とやらに秘密裏に協力しているんだから、裏からそっと手を回すとかの配慮があっても良いと思うんだけど……そんな気配はない。くそ。

鷹尾先輩は事前の取り決め通りB組を外れた。H組ですらない。空白だそうだ。

どういう扱いになるのかはまだ詳しく聞いていないけど、それが発表された後、二年間同じ班で過ごした子たちですら、何も聞いてこなかったらしい。ちょっと寂しいと感じてしまうけど、それは僕のエゴなんだろう。鷹尾先輩の内心は分からないけど、表面上は動じていなかったよ。


始業式が終わり、ヨウちゃんとサワくん、風見くんと久しぶりに会って話をした。

風見くんはダンジョンアイテムの研究・開発部門の専門課程へ進むことを決めた。上手くいけば中等部の二年生の間に飛び級できるようで猛勉強している。しかも努力が苦になっていない。凄いことだ。応援している。

ヨウちゃんとサワくんは、相変わらずB組で探索者となるべく頑張っている。最近は班の皆とダンジョンに籠ってレベル上げに奔走しているとのこと。学園の許可を受け、自主的にダンジョンで野営することもあるようだ。ヨウちゃんやサワくんだけじゃなく、班の皆が全員そんな感じらしい。熱意が凄い。

鷹尾先輩もこういう班だったなら、上手く嚙み合ったのかも知れないね。言っても詮無いことだけど。

あと、最近はA・B組同士でも交流が増えたようで、御曹司の獅子堂とヨウちゃんが異性として意識し合っているようで、サワくんはソレが気に入らないらしい。まぁこれはヨウちゃんがいない時にこっそりサワくんが教えてくれただけの情報だからどこまで本当かが分からない。

　話をする限り、ヨウちゃんはそういう恋愛モードのスイッチが入ってるのかな？　未だにお転婆ちゃんって感じだったんだけど……。

「それで？　結局イノは何を目指すの？」

「え？　別に何を目指すとかないけど？」

　ヨウちゃんのド直球を受けた。まぁ僕には前世の人生経験がある。小娘の曇りなき眼だって受け流せるわッ！　……何の自慢だよ。

「はぁ……イノ、もっとよく考えた方が良いよ？　せっかくダンジョン学園に入学できたんだからさ。このままH組だと学園は中等部で卒業だって聞いたよ？」

「うん。知ってる。……というか、はじめから高校は地元に戻るつもりだったし……別に今のままでも良いかなって」

　これは成長と言えばいいのか、それとも停滞なのか……。ヨウちゃん、自分の正しさだけが正しい訳じゃないんだよ？

「イノ、ヨウちゃんはお前のことを心配してるんだよ。……ホラ、前に話したことあるだろ？　A組の獅子堂ってヤツ。あいつ、年上の幼馴染みがB組にいたらしいんだけど、今年はB組に名前が無かったらしくてさ、かなり荒れてたんだ」

　ん？　B組の年上。今年度でB組を外れる。どこかで聞いた話だね。知らんけど。

「……なんかさ、獅子堂はその幼馴染みには全然敵わなくて、いつか見返してやるって頑張ってたんだよ。それなのに……何かそういうのを目の当たりにするとさ」

　おやおや。ヨウちゃんは落ち込む獅子堂のことが気になると。サワくん情報は正しそうだ。でも、その八つ当たりを僕にされてもね。それに、僕はその幼馴染みとは違う。元々探索者なんて目指してなかったでしょ？　少なくともヨウちゃんたちの前では。

「その獅子堂のことは知らないけれど、ソレってどうなんだろ。その幼馴染みの子は熱烈に望んで獅子堂の目標をやってたの？　ライバルポジション的な？　中等部でＡ・Ｂ組を外れるって、大怪我したとか家庭の事情とかじゃないなら、本人が希望しない限りそうならないんじゃないの？　その幼馴染みの子は、他にやりたいことが見つかったとかじゃないの？」

　同じ夢を共有し、その夢に向かって邁進しているヨウちゃんやサワくんには通じないかな？　たぶん、風見くんには通じていると思う。チラリと目が合ったら頷いていた。流石、心の友の風見くん。

「……なんでそんなコト言うの？　絶対その幼馴染みだってＢ組を外されてショックなはずだよ！　あの獅子堂が目標にするような人なんだから、探索者になることを凄く望んでいたはずだよ！」

　ヨウちゃん。君はこのゲーム的世界の主人公かもしれないけど、現実を生きる以上、そういうのがいつまでも許される訳じゃないってことを……近いうちに知ってくれたら嬉しいな。

「イノ。俺たちＡ・Ｂ組がどんな思いで探索者を目指しているのか知らないクセに……そういうこと言うなよ。お前と違って俺たちには目標があるんだ！　その目標を目指す仲間が理不尽にその道を閉ざされたんだぞ！」

「……ゴメン。でもさ、その獅子堂の幼馴染みがどんな思いだったかを、誰かちゃんと聞いたことがあるの？　Ｂ組を外れた後、話をした人がいるの？」

誰もいないだろ？　知らないだろ？　だって、話どころか会いにも行ってないんだから。

「……そ、それは……私は知らないけど、獅子堂や同じ班の子とかは話を聞いてるはずだよ！　何なら今から私が聞いてくるし！」

「あ！　ちょっとヨウちゃん！　……イノ、何だよお前。ちょっとおかしいぞ？」

ヨウちゃんが駆け、その後をサワくんが追いかける。井ノ崎真の記憶にある、いつもの姿。でも、ちょっと今はほろ苦い。ゴメンよ、僕も八つ当たりだった。鷹尾先輩のこと、自分で思うよりも感情移入していたみたいだ。

「……なんかゴメンよ、風見くん」

「いや、別にいいぜ。どちらかと言えば俺もイノの言い分に共感してたからな。俺だって今はダンジョンアイテムの専門課程を目指しているけど、もしかしたら途中で別の道を目指すかもしれないしな。そんな時に友達があんな感じだと……ちょっと嫌だ。ちゃんと話を聞けって言いたくなるぜ」

風見くんは大人だ。僕は前世というズルがあるけど、ズルなしで風見くんのようには振る舞えただろうか？

嫌なとこがあっても、嬉しいことがあっても、今日も今日とてダンジョンだ。

「どうしたの？」

　苦手なはずの僕に対して鷹尾先輩に気を遣わせるとは。野里教官もちょっとビックリしてるじゃないか。

「いや、ちょっと勝手に凹んでるだけですよ」

「ああそう。……気を付けてね」

　し、塩対応ぉぅ。既にコッチすら向いてない。いつもは面白がってたけど、凹んでる時には効くう。

「ええと。鷹尾先輩。つかぬことを聞きますが……獅子堂って知ってます？」

「…………」

　あれ？　フリーズした？　……かと思ったらギギギだよ。その、ゆっくりと首だけコッチに向けるのヤメて。怖いから。

「……どうして獅子堂のことを？」

「え、ええとですね。僕の同郷の知り合いが八一…今は八二か。まぁB組にいるんですけど、同じく八二のA組とも交流があって……それで獅子堂のことを聞きました。……獅子堂の年上の幼馴染みって、鷹尾先輩ですよね？」

「……………………」

　鷹尾先輩の圧が強い……知らぬ間にコッチも手汗が噴き出てる。は、早く何か言ってくれ。

「…………そう。そんな繋がりが。確かに獅子堂は家族同士が知り合いで、昔から一緒にいることが多かった。学園都市に来てからも、家が近所で割と交流はあった。……それで、その獅子堂がどうしたの？」

「い、いや、鷹尾先輩がＢ組を外れたってことで、かなり荒れてたって聞いたんで……そ、それだけですよ」

何となく、なんとな～くだけど……鷹尾先輩は獅子堂のことにあまり触れて欲しくないみたいだ。メチャクチャ視線が強い。ビームでも出るのかってくらい。

「……あの子、私に負けたくないっていつも張り合ってきてた。でも、私からすると獅子堂の方が凄い。あの子は周りの人たちを引っ張っていく力がある。私は同じ班員の子たちとも分かり合えなかったのに……」

「お互い、無いモノねだりって感じですかね？　多分、獅子堂は鷹尾先輩の〝強さ〟みたいなモノに憧れてたんじゃ？」

「……私の強さ。君が言うと嫌味に聞こえる。私よりも強い。年下なのに。本格的な訓練も中等部からなのに……」

あれ？　僕ちょっと良いこと言わなかった？　何で負けず嫌いモードになってんのこの人？　助けて野里教官！

「はぁ……まったく。井ノ崎は川神(かわかみ)と同郷だったな。獅子堂が荒れて、川神たちもゴチャゴチャしていたアレか？」

「そうそう！　ソレソレ！　一応、川神さん……ヨウちゃんとは幼馴染みなんですよ。獅子堂と鷹尾先輩のことで、何故か僕がアレコレ言われましたよ。このままH組でどうする、何か目標を持て！　……みたいな？」

「……井ノ崎君、目標はないの？」

お、鷹尾先輩が反応した。こ、この人の気になるポイントが分からない。

「特にないですね。アレがしたいコレがしたいっていうのは。強いて言えば、野里教官と同類と思われるのは嫌ですが……ダンジョンの最深部へ到達したいっていうのはありますけど」

「ふん。お前のことは気に入らんが、その目標だけは共感してやる」

いや、だからアンタと一緒にされるのは嫌なの。このダンジョンオタクめ。

「……ダンジョンの最深部。ソコを目指すために訓練を？」

「え？　え、ええ。結果としてはそうなりますね。鷹尾先輩ほどではないですけど、強くなっていくのが面白かったりもしますけどね」

「……！　……ソレは良いこと。強くなる、自分を高める、その結果がダンジョンの踏破。………うん。私もその道を征く」

何だ？　急に鷹尾先輩がやる気になってる。

「……井ノ崎君。私も決めた。ダンジョンの最深部を目指す。そうだ、ただ自分を鍛えるだけじゃない。ナニかを成し遂げる為の目標があれば……その過程として強さが……」

チラッと野里教官を見るけど、教官も鷹尾先輩のやる気スイッチに困惑してるみたいだ。外国人的な『ワタシ、ワカリマセン』のジェスチャーをしてる。

「……今から井ノ崎君は同じ道を征く同志。私のことは芽郁と呼んでくれていい」

い、意味がわからない。何が鷹尾先輩改めメイ先輩の琴線に触れたんだ？

「は、はぁ。それじゃあ、メイ先輩と呼びますけど……僕のこともイノで良いですよ。友達はそう呼びますから……」

「……！　分かった。イノ君。これからよろしく」

何故か手汗びっちょりのまま握手。何だコレ？　よく分からん。

とりあえず、少しは打ち解けてくれたのか？

急にやる気になったメイ先輩だけど、連携の際の動きまで良くなった。何というか視野が拡がった感じで、僕の動きをちゃんと確認しながら動いている。

いや、つまり今まではコッチの動きを全く見てなかったってコトなんだけどさ。コレがメイ先輩曰く『同志』の効果か？

鷹尾芽郁。

彼女は就学前の検査での選別にて、ダンジョン学園の初等部への入学と、家族の学園都市への引っ越しを打診される。国家機関からの圧力ということもあり、断れる筈もなく家族は受け入れたが、両親はすぐにという訳にもいかず、まずは祖父母と共に学園都市へ。

そして、学園側の要望もあり、祖父母は鷹尾流という古武道の道場を学園内にも開いた。ダンジ

ヨン学園支部といったところ。学園都市には探索者も多く在住しており、鷹尾流の道場の門戸を叩く者は多かった。鷹尾芽郁は、当時から利発な子ではあったが、自分が学園に選別された所為で家族がバラバラになったという負い目を持っていたという。

できるだけ周りに迷惑を掛けず、祖父母にも負担を掛けず、道場に来る人たちとも仲良く……と、子供ながらに周りに気を遣って生きていた。

初等部の二年。ようやく両親も引っ越しの目途が立ち、学園都市内での仕事の調整も上手くいき、さぁこれから家族で暮らせる……というときに、不幸にも両親は事故で他界。永遠に家族が揃っての団欒は失われる。

悲しみに暮れる日々の中、彼女は没頭する。強くなることに。それは幼い心の現実からの逃避であり、家族の団欒という二度と実現しないモノに対しての代償行為の一つだったのかもしれない。

幸か不幸か、鷹尾芽郁には素養もあり、剣術をはじめとした古武術の腕はメキメキと上達していく。そして、祖父母や道場に通う大人たちも彼女を誉め讃えた。彼女が哀しみを紛らわせていることを承知の上で。

そして、いかにダンジョン学園と言えど、初等部の子供をいきなりダンジョンへ放り込んで魔物の相手をさせる訳でもない。訓練は基本的に対人。座学にも力を入れている。

道場での修練が実を結んだということもあり、彼女は同年代からは飛び抜けてしまう。孤立。戦う術は周りから頭抜けたが、同年代の子と共有するモノを余りにも彼女は持たなかった。

それでも鷹尾芽郁は訓練、修練に時間を費やす。それ以外にすることが思いつかない。何も考えられない。

失われた家族の団欒を求めた代償行為は哀しいかな、彼女の孤立をどんどん深めてしまう。

結局、彼女自身も周囲とのズレには気付いていたが、その時にはもうどうすれば良いのかが分からなかった。

強くはなったが、目的も指針もない。元々はただの逃避であり、本来の彼女が強さを求めていた訳でもない。

強くなって何をする？　それが彼女には無いまま。

ダンジョンの深層を目指すというのは、ただの理由付け。イノの言葉に相乗りしただけ。彼女自身が求めている訳でもない。強さを求める体裁を整えたかっただけ。

鷹尾芽郁の心は伽藍堂（がらんどう）。求めるモノを求めている。

第四章　ある対立

1．肩書

以前にチラッと出た、この実験の詳しい話のこと。ようやく理事会の結論が出たようだ。なので、今日は本棟にある例の『ボスの執務室』だ。

「結局、あれから三ヵ月以上待たせる形になってすまなかったね。ようやく腰の重い理事会の承認を得ることが出来た」

ボス……波賀村理事。どこかやつれたような印象がある。色々と大変だったのかもしれない。まぁ通常業務で普通に忙しかっただけかもしれないけど。

「実験計画の詳しい話ですか？」

「あぁ。それもある。だが、先に鷹尾さんの処遇に関してだ。中等部三年の時点でA・Bを外れるのは流石に無茶だったが、表向きには家庭の事情で話を合わせて貰った。既に年度が替わってしまったが、今年度より『特殊実験室』を立ち上げ、君たちをその第一期生として処理することになった」

君たち？　つまりメイ先輩だけじゃなくて僕もか。

「他に在籍する生徒はいるんですか？　サンプルの生徒たち？」

「いや、それも考えていたのだが、理事会で調整がつかなかった。すまないが今回は鷹尾芽郁、井ノ崎真(のさきまこと)の二名だけだ。担当教官は野里(のざと)教官で、担任は市川(いちかわ)となる。ゆくゆくは違っていくだろうが、いま動いているサンプルの生徒たちも、まだ君たち二人に遠く及ばないレベルなのでね。君たち……特に井ノ崎君だが、このまま野良ゲートからソロダイブをさせるのは逆に危険と判断した。ある程度は情報を公開し、正規のゲートからダンジョンダイブして貰うことになる。勿論(もちろん)、君たちに関しては五人制の班単位申請は必要ない。野里教官か市川に申請すれば受理する」

二人だけの特殊な組が出来たと。うーん。完全ソロダイブの道は残して欲しいんだけど。メイ先輩に呆気(あっけ)なくバレたし、やっぱり無理か。

「完全ソロダイブはなしですか?」

「条件次第だな。前にも聞いたが井ノ崎君。君は一体ナニを知っている？　実験計画の中で、誰も期待していなかった項目だが……君は本当に超越者(プレイヤー)なのか?」

さてどうするかな。共にダイブするメイ先輩にはいずれバレる。……なら、いまココでバレても同じか。本当に僕がこの世界の〝超越者(プレイヤー)〟なのかも分からないっちゃ分からないけど、後々に不味(まず)い状況でバレるよりは、先に情報を出しておく方が無難かな?

「期待はしてませんけど、一応約束してください。今から僕が話す内容はこの場だけ。あと、質問はオッケーですけど、僕にも分からないことがあります」

波賀村理事に緊張が高まっている。〝超越者(プレイヤー)〟の情報はソコまでのモノなの？　そんなに期待されるとコッチまで緊張しちゃうよ。

「……約束する。今この場にいる者以外に知られた際は私が責任をとろう。鷹尾さん、野里教官、市川も……それで良(い)いかな？」

「………」

　皆が静かに頷(うなず)く。う～ん……そこまで本気になられてもな。ちょっと引く。まだそんなに大した情報もないし。

「はぁ……そんな大層な情報はありませんからね。まず、僕が皆が言う〝超越者(プレイヤー)〟かどうかですが、正直わかりません。ただ、他の探索者と違うのは確かです。例としては……僕は転魂器(てんこんき)やダンジョンの石板を使わずにクラスチェンジができます。あと、任意の《スキル》を数個、クラス系統に関係なく引き継ぐことができ、今は【チェイサー】のクラスですが《白魔法：i》が使えたりしますね。まぁコレが僕のソロでの継戦能力の秘密ですね」

「ちょ、ちょっと待ってくれ！　それじゃ君は系統違いのクラスチェンジができるのか⁉　そ、その特徴はまさしく……」

「……でも、本当に分からないんです。過去の〝超越者(プレイヤー)〟と特徴が同じでも、今の僕はまだレベル【九】ですよ？　野里教官に軽く捻(ひね)られる程度でしかありませんから……」

　期待されてもね。まだまだレベルが足りなさ過ぎだよ。幼気(いたいけ)な子供なんだから、変な人体実験とかしないでね？　マジで。

「続いてですけど、コレは他の方の意見が聞きたくて……野里教官、特異領域(ダンジョン)の外であるここで今、マナのコントロールはできますか？」

「……はぁ？　できるわけないだろう？　……いや、マナを多少感じる程度はできるが……」

そうか。じゃあコレも僕特有のモノか？

レベルが上がるたびに、特異領域の外でマナを扱えるようになっている気がする。

「まだ検証が必要ですが、僕はダンジョン以外でもマナを扱うことができそうです。今の感じだと……レベル【一五】くらいまで上げれば、もっとハッキリと検証ができるかと……これはまだ可能性の話ですね」

「ダンジョン外でマナを……もしかすると《スキル》の使用もか？」

「……まだ可能性ですよ？　でも、コレを突き詰めると、ダンジョン症候群に新たな発見があるかもしれません」

そうだ。実際にダンジョンの外で今も波賀村理事は《テラー》というパッシブスキルを使っているというか、勝手に発動しちゃってるわけだしね。外でも《スキル》を使うこと自体は可能な気もする。もしまともに外で《ディスペル》とか使えたら……なんて風に思ってしまう。奇跡の治療者。……イイ感じに権力者に使い潰されそうだ。権力、怖い。

「現時点で〝超越者〟っぽい点は、こんなところですかね」

「「…………」」

「…………た、確かに検証が必要だな。まずはレベルを上げるのが必要ということか……」

インベントリ、ステータスウインドウに関してはまだ伏せておく。解放されていない機能がありそうだし。

実はレベル【九】になってからステータスウインドウに「ストア」という項目が出てきたけど、

灰色の文字でまだ選択できない。アイテムショップ的なモノだとは思う。レベルによる開放なのか、一定の条件が必要なのかは分からない。

「それで？　完全ソロダイブはやはり無しですか？」

「……やはり完全ソロは禁止だ。そもそも完全ソロは野良ゲートの違法ダイブだからね。もし、便宜を図るとしても、少なくとも六階層をクリアできた後だ。知っているとは思うが、六階層からは難易度が一気に上がる。だが、そこを突破すれば理事会もとやかくは言わないだろう。二人共それで良いだろうか？」

まぁ仕方ない。ソロダイブを繰り返しているとまた他の誰かに見つかるかもしれないしね。あと、今の段階で早々に僕に死なれると困るというのも分かる。

「分かりました」

「……良いです。そもそも私はソロダイブに向かないので……」

波賀村理事がひと息ついた。いや、ここでゴネるほどわからず屋ではないよ？

「あとは実験計画のことだが……先に言ってしまえば、そもそもは過去の反省からだ。ダンジョンが今のように安定的に管理できるようになってまだ五十年ほど。それまでに様々な試行錯誤が……中には目を背けたくなるような非人道的なモノもあった。是非はともかく、それ等の実験データは時代の流れや社会的な批判と共に失われていった」

「いま、改めて再検証をしている？」

「……そうだ。勿論、実験に参加する生徒たちの安全や人権に配慮はしているが……時には逸脱することを視野に入れているのも事実だ。君たちを〝サンプル〟と呼ぶのは自戒の意味も込めている」

薄々感じていたけど、結構な数の〝壊されたサンプル〟がいるんじゃないかな？　当時のモノを再現するようなヤバい実験とかも進行してそう。

ダンジョンという謎の存在が身近にあり、ダンジョンブレイクという魔物の驚異もある。

分からないではないけど、前世の記憶がある身としては、年端もいかない子供をそんな実験に使っている時点でイイ気分はしない。

「結局のところ、自分に関係のある部分以外は首を突っ込むな……という感じですかね？」

「ありていに言えばそうだ。だが、君たちを巻き込みたくないという気持ちがあるのは知っておいて欲しい。私が管轄していない実験も数多いが、ソレに私が口を挟もうとしても、あくまで理事会を通じてしかできない。つまり、君たちについても、他から口出しをされることも少ないということだ」

まぁこの世界のダンジョン学園の在り方について、ポッと出の僕がとやかくは言えない。今はまだ〝超越者(プレイヤー)〟疑惑のある子供に過ぎないしね。もっとも、大人になったところで、国家ぐるみの秘密結社みたいな組織に個人で逆らうってのも現実的じゃない。基本は能力を隠す方向になるだろうね。あるいは思いっきり組織に迎合するるか。

そこまでしてダンジョンの深層を目指すのもどうなんだろ？　……って気もちょっとする。

もしこの世界に主人公的な存在がいるなら……仮にヨウちゃんやサワくんが学園の実験のことを

知ったら、僕の心配なんてお構いなしに、ダンジョン学園の闇を暴く的なクエストが開始されるんだろうか？　そんなどうでも良いことをつらつらと考えてしまう。


今日も今日とてダンジョンだ。

野良ゲートからの違法ダイブは今日が最終日らしい。明日には正式に『特殊実験室』が発表され、僕とメイ先輩はそちらに所属する。

メイ先輩は学園都市で祖父母と暮らしており、学園には通学で変わりなし。片や僕の方は寮を出ることになった。そもそも特殊実験室が本棟管轄のため、比較的本棟にアクセスし易い都市部のマンションに移された。

一人暮らしになるけど、なんのことはない、教官やその家族が多く住む学園御用達のマンションであり、野里教官もそのマンションに住んでいる。普通に監視付きという訳だ。というか両親にはその辺りの話を通しているのか？

「さて。明日からは正式なダンジョンダイブとなるが……他の生徒たちとダンジョン内で遭遇する際の注意事項だ。鷹尾は当然知っているが、よく考えると井ノ崎は知らんだろう？」

「ええ。マナーとかルール的なことはまったく知りませんね」

そりゃ初めから違法ダイブだし。そもそもダンジョン内でまともに誰かと遭遇することがない。

「細かいことは鷹尾に聞け。大まかには『不干渉』だが、助けを求められたら、可能な限り対応するというのが基本ルールだ。採取場所や魔物については早い者勝ちで、野営をする場合の場所取りは赤い旗を立ててマークする。マークを外したり、無視するのは御法度だ。あと、今は生徒同士だが、ダンジョン内での探索者同士のトラブルも基本は両成敗だが……巨大な密室である以上、自分の身は自分で守るのが一番だな。……探索者の中には他のチームに助けを求めて、駆け付けた相手を襲うといった不埒者もいる」

ダンジョン内は治外法権と考えていた方が良さそう。色々と悪さもできるだろうしね。少なくとも、すぐに逃げられる準備は常に必要かな。

「そもそもの話、ダンジョン内で他の生徒と遭遇することは多いんですか？」

「……高等部含めてだから、割と出会う」

うわ。メイ先輩が露骨に能面になった。これはかなり嫌な時の顔だね。あまり良い思い出が無さそうだ。

「まぁできるだけ遭遇しない為には、六階層より先に進むことでしょ。生徒用のゲートではそうなりますよね？」

「そうだな。六階層から先というより、六階層自体も生徒の立ち入りはほぼ禁じられている。高等部の一部のみだ」

まだまだ先は長そう。しばらくは五階層でちまちまレベルアップ作業になるだろう。フロアボスにも挑戦したいし。

「ちなみに、二人だけで五階層のフロアボスは行けそうですか？」

「……まだ厳しいな。鷹尾は一度クラスチェンジした方が良いだろう。そもそも、班の平均レベル

【七】が目安と言われている。私はレベル【一二】でソロ撃破を達成した」

初めてのクラスチェンジアイテムに辿り着くためには、条件が厳しくない？

僕がレベル【九】【チェイサー】で、メイ先輩がレベル【七】【剣士】。まずはメイ先輩のクラスチェンジか。僕もあと一つはレベルアップしてからの方が良さそうだね。

「六階層には、五階層のフロアボスが普通にウロついてるんですよね？」

「……あぁ。憎たらしいことにな」

ホントに憎々しげだ。聞くところによると、死亡事故は六階層がダントツに多いらしい。……教官も色々とあったのかもしれない。

「……私のクラスチェンジの転魂器、申請は大丈夫なのですか？」

「ん？　あぁそれは大丈夫だ。流石に今すぐは無理だが、特殊実験室が正式に発足する、明日以降なら特に問題ないと聞いている。鷹尾は【武者】【魔剣士】あたりが候補だと思うぞ」

【武者】て……聞けば【戦士】系の上位クラスらしいけど。まぁクラスチェンジの法則はよく分からない。元々の素質とか言われるとさっぱりだ。別にコンプリートを目指したりはしないので、そこまで詳しく調べる気もない。

「あ、そういえば教官の【獣戦士】はどの時点で出たんですか？」

「確かレベル【一〇】を超えた後だな。レベル【九】の時点では無かったはずだ。しかし、特殊クラスは人によっても違うから参考にはならん。レベル【一】の時点で特殊クラスだった例もあると聞くからな。私の【獣戦士】は他に事例があり、専用というほどレアでもないが、条件などは分からないらしい」

なるほど。まぁその辺はヨウちゃんやサワくんの動向をチェックすればある程度は分かるかもしれない。獅子堂とかも特殊なクラスに目覚めそうだし。

2．嫉妬

正式に『特殊実験室』が発足し、所属する二名も発表された。

他の組と違い、具体的なカリキュラムや専門分野は公表されなかった上、学年違いの所属、管轄が本棟ということもあり一部では話題になったそうだけど、学園の生徒数は多く、あくまでマイナーな話題止まりで済んだ。

ただ、当然のことながらヨウちゃんたちの耳に入ることで、ちょっと面倒くさいコトになってる。

「イノ！　どうなってるの！　イノはH組じゃなかったの⁉」

「鷹尾先輩って……獅子堂の幼馴染みじゃないか！　イノは知ってたんだな⁉」

何だろ？　最近は物静かなメイ先輩と一緒にいることが多いから、一気にアレやコレやと捲し立てられると……ちょっとしんどいな。

「いや、黙ってたのは悪かったけど……守秘義務があったから僕も言えなかったんだよ」

「教えてくれても良くない⁉　友達だと思ってたのに！」

話を聞けよ……って、あれ？　ヨウちゃんってこんなキャラだっけ？

ちらりと助けてのサインをサワくんに出す。何とかキャッチはしてくれたみたいだ。

「……ヨウちゃん。ひとまず落ち着いて話を聞こう。なぁイノ、それで『特殊実験室』っていうのはどんな所なんだよ？」

先にサワくんが冷静になったか。偉いぞ。ありがとう。そのままヨウちゃんを抑えておいてくれたまえ。

「まだ何も決まっていないんだ。決まっていても、たぶん全部は言えないと思う。とりあえずはA・B組と同じように、ダンジョンダイブでレベル上げって感じじゃないかな？」

野里教官や市川先生に言われたように、今は当たり障りのない答えしか言えない。

「ダンジョンダイブって……イノ、レベル幾つなの？」

「ごめん、具体的なことは言えないんだ。ただ、メイ先輩と二人で五階層のフロアボス撃破に挑戦してるくらい？」

「……！　二人⁉　班ですらないの⁉」

いや、だから所属は二人って公表されたじゃん。

「……何だよそれ。イノ、今までもダンジョンダイブしてたのかよ！　抜けがけじゃないか⁉　ズルいぞ！」

サワくんもかよ！　さっきはちょっと冷静になってたじゃん。しかも抜けがけって……どうしてそうなる。君らもダンジョンダイブしているのに、僕がダンジョンダイブすることが不満なのか？

「……なんでイノが選ばれたの？　私たちだって努力してるし、ダンジョンダイブで結果も残してるのに。イノはH組で遊んでただけじゃない……！　どうしてなの⁉」

キッという擬音が聞こえそうな鋭さで、ヨウちゃんが僕を睨む。

……いやいや、遊んでただけって。確かにヨウちゃんは才能の塊だし努力をしていることも知っているけど、だからって他人が何の努力をしていないって決めつけていいってことにはならないでしょ。僕の何を知っているんだか。ま、僕には無能な下っ端でいて欲しかったってことかな？　そんな僕が、自分の選ばれなかったモノに選ばれたから気に食わないとか？　まだ子供だから全能感でそうなるのも分からなくもないけど、それが許されるのかはまた別の話だよ。

「なぜ僕が選ばれたかは言えないよ。でも、ヨウちゃんやサワくんの努力とはまったく関係ない部分で選ばれたのは確かだから……ええと……偶然とか運……みたいな？」

「…………なら、鷹尾先輩は？　先輩も努力や才能と無関係で選ばれたの？」

こだわるね。才能の塊みたいなヨウちゃんが、ここまで他人との差に執着するとは思わなかった。メイ先輩もそりゃ凄いけど、たぶん才能ならヨウちゃんの方が上だと思う。高等部を卒業する頃には、余裕でヨウちゃんの方が先を行ってる気もする。何というか、メイ先輩のは反復の積み重ね……紛れもなく努力の結果。ヨウちゃんのような〝何でもできる感〟は流石にない。

「う〜ん……メイ先輩は僕と別枠だよ。運とかタイミングがあったにせよ、メイ先輩だから選ばれたって感じ。先輩は周囲と軋轢はあったにせよ、紛れもなく努力の結果だと思う。ただ、メイ先輩と同じシチュエーションだったなら、ヨウちゃんやサワくんも選ばれていたかもしれないかな？」

「「………」」

どうして、ショックです！　みたいな顔してるんだ二人とも？　知りたかったんじゃないの？

自分が選ばれなかったことがそんなにも？

「あ、ちなみに僕は都市部に引っ越すことになったんだ。あとA・B組……ヨウちゃんやサワくんとは、あまり接点を持つなと言われてるからもう集まりには来られないと思う。風見くんには個別で連絡するよ」

「そっか。まぁ俺も今は勉強と実習で忙しいし、落ち着いたらまた会おうぜ」

「……ありがと。変な空気のままでゴメンよ。また連絡するね」

ヨウちゃんとサワくんは放置して風見くんとの一時の別れを噛みしめる。いや、普通に風見くんとは引き続き連絡取るけどね。

正式発表の前、教官が『同年代のA・Bの連中からは特殊実験室に対して、やっかみや妬みといった感情を向けられるかもしれない』……なんてことを言ってたけど、こういう事なのかな。

「……なぁイノ。お前たちもダンジョンに来るんだよな？」

サワくんや、その濁った瞳はダメだぞ？

「そうだね。本棟の真ん前、一番の正規ゲートからダイブすることになる。でも忠告しておくよ。〝そんなコト〟を考えるより、自分自身を鍛えた方が良いと思う。別に僕らが失敗しても、その代わりにヨウちゃんやサワくんが選ばれることはたぶんないから」

ソッチは主人公側なんだから、闇堕ちとか止めてよね。僕でこんな感じだから、もしかするとメイ先輩も面倒くさいことになってるのかな？

「……どうして？　鷹尾先輩やイノより優秀だったら良いんじゃないの？　少なくとも、獅子堂は絶対にイノたちより優秀だよ？　どうして選ばれなかったのかな？　それも運？」

おいおい、ヨウちゃんもかよ。淀んでるよオーラが。

「運とタイミングだけだと思う。ただ、そう思わないならそれで良いよ。ただ、あんまり馬鹿なことは考えないで。二人が優秀なのは間違いないんだから、学園からペナルティを喰らうような真似は凄く勿体ないよ？　……ってことで、ヨウちゃんもサワくんも頑張って。僕はもう行くよ」

風見くんにだけ軽く挨拶して僕は本棟に足を向けた。……一応忠告はしたけど、たぶんダンジョンで出会うよな、アレ。子供に刃物を持たせると危ないってのがよく分かる。

「メイ先輩もでしたか？」

「……うん。獅子堂が家にまで来てた。昨日の時点で知ったみたい。ずっと、どうしてどうしてと鬱陶しかった」

またメイ先輩が能面顔に。思い出すのも嫌なのか。

「ダンジョンで待ち伏せとかして来ませんかね？　僕の友人たちはそんな雰囲気でしたけど？」

「……獅子堂の性格なら必ず絡んでくる。だから、ゲートを変えたい」

そっと野里教官を見る。首を振る。ダメか。

「はぁ。面倒くさいのは分かるが、正規のゲートを使う以上、ダイブ日時とゲート番号は公開される。しばらくすれば落ち着くからそれまでは我慢しろ。余りに酷いようならこちらから向こうの教官や担任に言うさ」

「……一応聞きますけど、ケンカを吹っかけられて、返り討ちにしたらマズいです？」

「ダメに決まってるだろ。ダンジョン内で加減の分からない生徒同士だと、刃傷沙汰を通り越して殺し合いになる。もし、ダンジョン内で絡まれたら素直に帰還石で戻れ。くれぐれも相手をするな。どちらかに教官が付いているなら指示を仰げ。……まぁ私なら大怪我をしない程度のガス抜きは黙認するがな」

ダンジョン内では『不干渉』が基本って聞いたんだけどね。ままならないものだ。あと、野里教官は常識的なことを言うクセに、自分はそんなのを守っている感じがしない。説得力がない。

「……何故か獅子堂は『特殊実験室』をエリートコースだと勘違いしている。俺も俺もって言っていた。あの子、親の権力を平気で振るうから迷惑を掛けるかも……」

「安心して下さい。獅光重工のお偉方もこの実験計画の概要は知っています。逆に御曹司を窘めるかと……御曹司ができるのは、取り巻きを連れてダンジョンに現れるくらいでしょう」

市川先生が冷静に指摘するけど……コッチはそのダンジョンでの待ち伏せが嫌だって言ってるんだけどな。まぁ権力による変な圧力はなさそうだけどさ。

「……とりあえず、今日は鷹尾のクラスチェンジだろ。とっととダンジョンに行くぞ。その為に事前に申請してたんだろうが」

正規ゲートからの正式なダンジョンダイブの始まり。

でも、テンションは上がらない。


さて、気を取り直して、今日も今日とてダンジョンだ。

市川先生が転魂器を速攻で使用申請してくれていた。本来はこんなにスムーズにはいかないそうで、今回は初回ボーナスみたいなものらしい。ビバ権力。使う場合は助かる。

今回はメイ先輩のクラスチェンジと習熟訓練がメインなので一階層の安全地帯に来ている。

転魂器。

クラスチェンジを可能とするダンジョンアイテムだ。五階層ごとのフロアボスから、低確率でドロップするらしい。ドロップした場合は学園が強制的に買い上げることになっており、他で売るのは重罪となる。買い上げ金額はかなりの額のため、特に探索者から不満はないらしい。転魂器を狙って、延々と五階層のホブゴブリンを狩る探索者もいるとのこと。

見た目は本当にただの水晶玉だけど、ダンジョン内でそれを目にすると、尋常じゃないマナを感じる。偽物が流通しないのも分かるね。これはすぐにバレる。

「ほら、鷹尾。使い方は分かるだろ?」

そんな転魂器を教官がメイ先輩にフワッと投げる。優しい投げ方だね……って、そうじゃない。

何してんのこの人。さっき高価な品だって説明したのアンタだろ。

「……教官。無造作に投げないで下さい。……使い方は知ってますので、早速使いますよ」

「堅苦しい奴だなぁ～」

やれやれみたいにコッチ見るな。僕はソッチ側じゃない。メイ先輩と同意見だよ。

流石にメイ先輩もちょっとイラッとしてる。いいよ、今のは怒るところだ。

転魂器を手にしたメイ先輩が目を瞑り、転魂器に向けてマナを集中させる。すると、ボンヤリと水晶玉に光が灯る。輝かしい感じではなく、優しく暖かい光だ。

「……【武者】【重剣士】【魔剣士】の三つです」

本当に出たよ【武者】。どんなクラスなのやら。……と、思っていたら、僕のステータスウインドウに〝ｎｅｗ！〟マークが出た。クラスの説明か。

僕自身が該当しなくても、見聞きしたら項目が増えるのか？　いや、それなら教官の【獣戦士】も出てくるはずだけど欄にない。どういう判定なんだか。

【武者】
刀系武器に補正（中）
槍系、弓系、剣系武器に補正（小）

説明欄が出たのは良いけど、あまり詳しい説明ではない。僕自身のクラスチェンジの時に出た説明欄より簡略化されてる感じだ。

「……刀系の武器補正があるようなので【武者】でいきます。……イノ君もそれで良い？」

お、僕にも意見を聞いてくれるのか。同志効果だね。

「はい。メイ先輩の選択で構いません。クラスの特徴を聞く限り、今とそんなに戦闘スタイルも変わらないでしょうし……」

「……うん。ありがとう。【武者】を選択します」

転魂器の暖かい光がメイ先輩の胸辺りに吸い込まれていく。厳か（おごそ）かな心持ちになるね。

一方、僕のクラスチェンジはウインドウで選ぶだけで、こんな光の演出とかないしセレモニー感がない。いや、別に便利だから今のままで良いんだけどさ。

「…………」

「どうですか？」

光が収まった後、メイ先輩は軽くジャンプしたり、手をニギニギしたり、ストレッチしてる。

「……うん。全体的に少しパワーアップしてる。多分、片手で打刀（うちがたな）を振り回しても問題ない威力が出せる。……もしかすると、太刀でも大丈夫かも？」

太刀というのは日本刀の一種で、馬上で使うのを想定されていて反りが大きく、刃の長さがおよそ二尺（六十センチ）以上のモノを言うらしい。メイ先輩に教えてもらった。受け売りってやつだ。

「よし。無事にクラスチェンジできたな。とりあえず、一階層のゴブリンで慣らし運転といくか」

教官の掛け声で、さっそく哀れなゴブリンを探しに行くことに。

本来は公式に公開されていない、人気のない通路を行くと、粗末な棍棒（こんぼう）持ちのゴブリンがいた。

ようやくか。既にこちらにも気付いており、神妙な感じで待ち受けている。

あれ？　一階層のゴブリンって、こんな感じだったっけ？　もっと落ち着きなく一直線に襲ってきていたような……？

「ふん。運が良いのか悪いのか……まさか一階層で〝強化ゴブリン〟とはな。……おい、アレは六階層以降で出てくるゴブリンだ。偶にこうやって低階層にも紛れているイヤらしい奴だ。鷹尾なら一対一で負けるような相手じゃないが、見た目で油断するなよ」

確かに見た目は普通のゴブリンだ。でも、違う。コイツは何らかの〝技〟を持っている兵だ。

メイ先輩も察するところがあったのか、ゴブリン相手とは思えない程にマナを練っている。

「ギ、ガンギャ」

落ち着いた声。いつも聞くゴブリンの鳴き声じゃない。

ゴブリンが棍棒を構えながらジリジリとすり足で近付いてくる。

メイ先輩も抜刀して正眼の構え。こちらもすり足で間合いを潰していく。

「…………」

「…………」

メイ先輩の間合いギリギリでゴブリンの足が止まる。

刹那。

「ギガッ!!」

「しッ!!」

一瞬の交差を制したのはメイ先輩。

肩口からの袈裟斬り。血飛沫。身体の中ほどまで刃が喰い込んでいる。

メイ先輩の斬撃は速かったけれど、ゴブリンも伊達ではなく、斬撃を受けながらも棍棒で突きを放ち、メイ先輩の右肩を掠っていた。

ゆっくりと崩れるように前へ。喰い込んでいた刃がズルリと外れ、兵が倒れ伏す。

残心。

ゴブリンが光の粒へと還っていくのを眺め……ようやく終わり。

「……コイツ、私の斬撃を見てから戦法を変えた。敵わないことを知り、死を覚悟の上で一矢報いた。敵ながら見事な奴」

しんとした空気の中、メイ先輩の呟く声が響く。

「……教官。コイツが雑魚として出てくるんですか？」

「ああそうだ。六階層以降はそんな場所だ。普通のゴブリンが全部コイツに切り替わる。生半可な鍛え方では切り抜けられない。……これが学園の限界だ。正直、今のA・B組が高等部を卒業したとしても、果たして二十階層へ辿り着けるか……。少なくとも私たちでは無理だった。天才だの期待の星だの持ち上げられても、結局は二十階層を超えるどころか、十五階層すら超えられなかった」

野里教官の拳に力が入る。

教官は諦めていない。でも、だからこそ、今の学園のやり方に憤りを感じているのかもしれない。

「……あぁ、なんかスッキリしました」

僕はそう呟き、メイ先輩のもとに。

「……スッキリ？」

メイ先輩の肩にそっと触れ、《ヒール》を使用する。淡い光が灯る。

「……ええ、スッキリしました。さっき話をしていた友人たち……そんなのに時間を取られたり、悩んだりするのがバカバカしくなったんです」

暖かい光がメイ先輩の傷を癒やす。

「ほう。それが系統を超えた《スキル》の継承か。本当に《白魔法》を使うとはな」

「……教官。もし教官が学園の中等部に戻れたら……どうしますか？」

僕の質問の意図が分かったみたいだ。久しぶりに野里教官の嫌な笑顔を見る羽目になったけど。くそ、ニヤニヤしやがって。

「ふん。そんなのは決まっている。生温(なまぬる)いお遊び訓練をしている暇はない！　ぬるま湯に浸(つ)かりながらのサル山の大将ゴッコも要らん！　ただただ深層を目指すのみだ！」

目が覚めた。

僕は〝超越者(プレイヤー)〟疑いであり、恐らく、ゲームプレイヤー的なナニかだ。他の人と違うと思って、ちょっと余裕こいてたけど、全然足りない。

ダンジョンはそんなに甘いものじゃなかった。

たぶんだけど、ダンジョンっていうのは、〝超越者(プレイヤー)〟の〝特別〟を活用しないと駄目な難易度設定な気がする。

他の生徒、探索者と比べるのは止めだ。参考にならない。

「ダンジョンの先を目指す……メイ先輩はどう思います？」

「……当然のこと。同志イノ君が征く道は私の道でもある。どんぐりの背比べは終わり。ただ前と上を見るのみ」

心強いね。

3．対決

メイ先輩のクラスチェンジ後の【武者】。

野里教官曰く、専用の特殊クラス程ではないけど、割とレアで他のクラスより能力は若干高めとのこと。幼い頃から、剣道などの和的な武道を習っていると出やすいらしい。

今のメイ先輩の戦い方にも合っているようだ。刀補正も強い上、片手でゴブリンをブツ切りにできる程度の膂力もある。

防御面は《甲冑》という、魔力による不可視の甲冑を創り出すスキルが使い勝手が良さそう。

この《甲冑》、防御力と持続時間は使用者の魔力に依存しているようで、先々も活用できそうな印象がある。

ゲーム的な思考として、後半に会得できるスキルは派手で能力も高いけれど、初期〜中期のスキルの方が使い勝手が良いってこともあるからね。

次は武器。

メイ先輩が使用している刀は自前。ご家族が、ダンジョンでの使用を前提とした刀を特別に発注したとのこと。伝統製法だけじゃなく、一部ダンジョンテクノロジーを取り入れたハイブリッドな業物だ。ちなみに将来的な使用の可能性を考え、その時に太刀と槍も拵えて保管してあるようだ。理解のある家族だね。その保管してあった太刀と槍は、今は僕のインベントリに収納している。

そう。メイ先輩と野里教官にはカミングアウトしたさ。予備の武器、防具、アイテム関連はインベントリ管理で試していくことにした。

僕の武器も新調した……というか、波賀村理事におねだりして良さそうな武器を借りた（返さない）。

今まで使用していた短剣より刀身が分厚く長い、片刃の鉈だ。

インベントリに収納すると「短剣」分類だった為、【チェイサー】の短剣補正（中）も継続できる。

僕にはメイ先輩のように素の状態での〝技〟がない。刃を立てて斬り裂くより、力任せにかち割る、ぶっ叩くといった方が向いているので、頑丈さを重視した。

後は投擲用に石だけではなく、鉄球を大量に用意してもらった。なるべく再利用するようにします、はい。

今まではレベルアップやスキル任せにしていた部分にもテコ入れしていく。しかも、今は学園の権力パゥワーもある程度は使えるしね。ビバ体制側。

「……五階層までなら、囲まれても《甲冑》で切り抜けることができる。でも、あの強化ゴブリンに囲まれるとなると……どれだけ耐えられるかが命の分かれ目になる」

「既に五階層では油断しなければ問題ないですけど……六階層を考えると不安がありますね」

概ね【武者】の習熟訓練が終わり、本格的に五階層のホブゴブリンと六階層対策のミーティング中。

「贔屓目なしでも、今のお前たちなら五階層のホブゴブリン単体は撃破できるだろう。しかし、他のゴブリンたちの配置によっては危うい。五階層のボス部屋は強化ゴブリンが交じっている。……嫌らしいことにな」

「全体の数はどれくらいなんですか？」

「そうだな。ホブゴブリンの周囲にゴブリンが十体前後といった所か……強化ゴブリンは二～四体ほどが多いな。最悪なのは全てが強化ゴブリンの場合だ。その場合はホブゴブリンより厄介だ」

あの強化ゴブリンが十体か。

僕だけなら、緊張を切らさずにヒット&アウェイで時間を掛ければ……イケるか？　でも、囲まれると倒しきるまでメイ先輩は耐えきれないかもしれない。

「……攻撃か防御……どちらかにあと一手が欲しい」

「ゆくゆくの課題ですね。とりあえず今回は《ヘイスト》《ディフェンス》といった強化で乗り切りましょうか？」

「……同志イノ君に頼り切り……かたじけない」

武士かよ！　……いや【武者】だからニアミスだけどさ。


さてダンジョンだ。

正規のダイブなので、申請段階で日時やゲートも公開されている。これは登山家が山に行く際の登山計画書の届出みたいなモノなので致し方ない。いざというときの助けにはなるけど、時と場合によっては、行動が読まれてダンジョンで待ち伏せされるという弊害もある。

……今みたいにね。

「……イノ、本当にダイブしているんだね」

事前に僕らのダイブ日時を調べていたのか、ヨウちゃんとサワくんを含む一団にダンジョン内で待ち伏せされた。

しかも、武装済み。一戦交える気満々だね。はぁ……学園には子供に刃物を持たせる以上、その管理はちゃんとして欲しい。そういうことを含めてダンジョン学園の方針なのかもしれないけど、流石に生徒の自主性と自由に頼り過ぎじゃないか？

まぁ〝そういうつもり〟で来たのだとしても、別にいいけどね。あの強化ゴブリンを見てから、ヨウちゃんたちに対しては少し冷めてたから。

「……ヨウちゃんにサワくんも……ホントに来たんだね」

一団はヨウちゃんたちの班の子たちだろうけど、よく見ると一人だけやたらとオーラがある奴がいるけど、あれが獅子堂かな？　メッチャ睨んでくるし、メイ先輩が能面顔になってるから間違いないと思う。

「ふん。お前たち、ダンジョン内の不干渉はどうした？　姑息な妨害工作の授業でもあったのか？」

おやおや、野里教官がいつにも増して不機嫌だね。今ならその心境を察せますよ。

「教官！　何故イノ……井ノ崎が特殊実験室に選ばれたのか教えて下さい！　俺たちは納得できません！」

サワくん。君は真っ直ぐで気持ちの良い一昔前の主人公的な奴だと思ってたんだけどな。

ん？　一昔前って、いつが基準だ？　前世？　……たまに自分でも良く分からない感じの言葉が浮かぶ。もしかすると、僕は本当に誰かが操作するアバターなのかもね。そして、それを深く悩まないってのも、よくよく考えると怖い話だ。何らかの操作や制限的なモノも感じる。

「はぁ？　何故お前たちに納得してもらわないとダメなんだ？　コイツ等は今から訓練なんだ。お前たちも自分たちの訓練に移れ。確か三階層までの申請だっただろ？　お前らがこの五階層にいるのは規則違反だ。サッサと行け」

「……教官、行きましょう」

煽るね。いや素か。教官とメイ先輩はスタスタと階層ゲートへ向かっている。僕も追いかけるとするか。

「まぁそう言うことだから、サワくんたちも頑張ってね」

自分の言い分がここまで通らなかったことも無いんだろう。サワくんがワナワナしてる。でもゴメンよ。僕はさっさと先へ行きたいんだ。ダンジョンの奥にね。落ち着いたらダンジョンの外で会おう。

「……待てッ！　芽郁！　ここでお前との決着をつけてやるッ！」

獅子堂か。よく通る声だしリーダー向きなのかもね。でも、急に大声出すなよ。

メイ先輩は止まらないし、振り向きもしない。コッチはコッチで良くも悪くもブレないな。

「……チッ！　アイツを止めろ！」

「「はいッ!!」」

獅子堂班の一人が矢を射掛けてきた。本気かよ？　狙いはメイ先輩。もう一人は魔道士か？　魔法の準備に入って……撃ちやがった。

……とうとうやったよ、コイツら。同じ生徒に対して攻撃って……一番やっちゃダメだろ？　しかも野里教官の前でそれをやるって……コイツら馬鹿なのか？　あれ？　学園の生徒ってかなり自立して物分かりの良い子って感じじゃなかったっけ？

「……ここまで阿呆揃い（あほうぞろ）とは……」

「……教官。帰還石を使いますか？」

メイ先輩はワケもなく矢を掴（つか）んだ。ほとんど見もしなかった。凄いね。割と矢の精度と威力はあった……つまりは相手が本気だったってことだから落ち着いてもいられないんだけど。

時間差で飛来した《ファイアボール》は流石に二人共避けてた。まぁ相手の方も、流石に魔法をいきなり直撃させる気も無かったようだけど。

「獅子堂。お前、本気なのか？　いまの行動がどういう意味か分かっているのか？」

流石に教官も目がマジだ。たしか獅子堂はメイ先輩のことが好きなんじゃなかったっけか？　拗らせてるよな。暴力的な意味で手を出すなよ。いや、同意なく性的にも手を出しちゃダメだけど。

「……関係ない。俺はその女と決着をつけるだけだ。芽郁、逃げるな！」

はは。本気か。ま、ここまでバカな条件が揃ってるんだ。やり返されても文句は言えないだろ。

子供と言えど暴力に訴えればどうなるか……身をもって知る時が来たのかもね。こっちはダイブを邪魔されてイラッともしているしさ。ま、この世界にはダンジョン限定とはいえ、治癒魔法なんて奇跡の力もあるわけだし、割とぶっ殺す気でやっても大丈夫だろ。

「……馬鹿が……」

あ、教官。ヨウちゃんとサワくんの班もやる気なんで、こっちにも注意喚起をお願いします。

「……ねぇイノ。なんでイノや鷹尾先輩なのかな？　私や獅子堂の方が優秀だと思うんだけどさ？」

ヨウちゃん。

完全にキマってるね。闇堕ちというにはショボ過ぎないか？　全然響かないよ。何だか無理矢理感があるような……？　ヨウちゃんやサワくんって、こんなにアホの子だったたっけ？

「さて、野里教官。先に手を出したのは向こうですよ？　やり返してもいいですかね？」

「……はぁ。もう勝手にしろ。ただし井ノ崎、一つ約束しろ」

「どんな約束……というか条件です？」

「……多少は構わないが当たり前に死人は出すな。今のお前からは嫌な気配がする……」

「はは。まさか。そんな物騒なこと考えてもいませんでしたよ。無力化するだけですって」

「……ならいいんだか？」

危ない危ない。ちょっとぶっ殺すつもりで……って考えただけで釘（くぎ）を刺されてしまった。勘が鋭いや。

「……教官。私は？」

「鷹尾は手加減が下手そうだからダメだ。防ぐだけにしろ」

「……………チッ」

メイ先輩、ちょっと暗黒面が出てるから。乙女が舌打ちとかしちゃダメ。

「……じゃあ、教官の許可も出たことだし反撃しようかな？　まぁいざとなれば教官がどうとでも止めるだろうし……さっさと馬鹿騒ぎを終わらせるか」

後で謹慎とか食らうかもしれないけど、今後もヨウちゃんやサワくんにいちいち絡まれるよりはマシだろ。僕はとっととダンジョンの先へ行きたいんだ。急がば回れってか？

「あはは！　余裕そうだね！　イノが私に勝てるのかなぁ⁉」

とか思ってたら、いきなりヨウちゃんが僕に向かって踏み込んで来た。いやぁ、君のそんな歪（ゆが）んだ笑顔は見たくなかったよ。美少女も台無しだ。

「《オーラフィスト》ォォォッ！」

マナの一点集中もスムーズで、踏み込みのスピードを殺さず込められたマナ量も良い感じ。

でも、その程度じゃメイ先輩の《甲冑》は破れない。

ヨウちゃんが踏み込む一瞬前には、既にメイ先輩が僕を庇うように割り込んでいた。

止まれない。

ヨウちゃんの拳が、棒立ちのメイ先輩の胸部に激突する。

結果は予想通り。

寺の鐘のような派手な音はしたけど、メイ先輩は小動もしない。ヨウちゃんの拳は先輩の体の数センチ手前で止まっており、不可視のマナ鎧《甲冑》は健在なまま。

拳の主は信じられない結果に固まっちゃってる。

「……強撃は一撃離脱が基本。なぜ止まってるの？」

「……ッ！」

咄嗟に後ろへ飛び退くヨウちゃん。遅い。あの強化ゴブリンが相手だったら捨て身の反撃をまともに喰らってるかもね。

僕はそんな二人の攻防を尻目に、気配を消しつつ獅子堂班の後衛二人に迫る。ヨウちゃんの派手な《オーラフィスト》が目眩ましになるとは皮肉だね。

「……ッ！　もう一人がいないぞ⁉」

「ここにいるよ」

僕には武道の心得はない。なので、悪いけど力技だ。後衛とはいえマナによる身体強化くらいできるだろ。真後ろから後頭部を摑んで、そのまま顔面を地面に振り下ろす。

「ガッ⁉」

思ったよりも勢いよくやってしまった。

訓練以外では初の対人戦で緊張してしまった……と言い訳することにしよう。まぁ動いてるから大丈夫でしょ。

次にインベントリから取り出した石を、少し離れた弓使いを狙って投げる。

直撃。

避ける素振りも無かった。驚いた顔をしてたから、自分が攻撃を受けることを考えてなかったのかもね。右肩に命中したしこれでまともに弓も引けないだろ。

メイ先輩をチラリと見ると、次は獅子堂に絡まれてた。

「芽郁！　今日こそお前を超えてやるッ！」

「…………」

能面顔。言葉もない。かなりキレてるね、あれは。

獅子堂が踏み込んで連撃を放つ。その攻撃は洗練されて力強い。ただ《甲冑》を破るほどではないかな？

メイ先輩は獅子堂の攻撃を受け流して、直撃を貰わないように動いている。省エネモードだね。

「イノッ！」

おっと、サワくんか。剣と盾のスタイル。盾にブチかませばそう簡単に大怪我しないだろう。

盾で半身を隠しながら、踏み込んでの突き。なかなかに鋭い。

僕はインベントリから新たな相棒である鉈を取り出し、サワくんの突きの引きに合わせる形で踏み込み、力任せに鉈を盾に打ち付ける。

「んなッ⁉」

レベルの差か、体勢を大きく崩せた。

その隙にマナを込めた前蹴りで盾を蹴って追撃。サワくんは踏み止まれず後ろに転がる。

次だ。

後衛はあそこか。

あれ？　あの子は……ゴブリン解体ショーの……確か佐久間さんだったかな？　横にいるのは堂上くんか。二人共ヨウちゃんと同じ班だったのか。奇遇だね。関係ないけど。

僕の狙いに気付いた堂上くんが後衛を下がらせて前に立つ。でもさっきのを見てなかったのか？

構わずにインベントリから石を取り出して……以下略。

飛び散る血。後ろ向きに倒れる体。佐久間さんの顎を砕いた。ごめんよ。恨むなら、バカな獅子堂やヨウちゃんだからね。

……ただ、やはり僕はオカシイ。子供相手にかなり酷い手傷を負わせたのにナニも感じない。いや、子供相手でもどうなってもいいとまで思ってる。なんだ？　ダンジョンの先へ進めないのにイライラしている？　もっと強い相手なら面白かったのに？　……はは。自分の異常さをこんな所で再認識するとはね。前世の記憶においても、暴力を是とするような人生ではなかった筈なのにさ。

「佐久間っ⁉　くそっ！　何でこんなことに⁉　早く回復させろ！」

「や、やってるよ‼」

負傷者を即座に回復させるのは良いけど動きがぎこちない。実戦慣れしてないな。いや、今まで怪我らしい怪我が無かったのかも。仕方ない。それが学園の方針だからね。

「《スパイク》‼」

後ろからサワくんの突き技スキル。

横に寝かせた剣が、骨の間を縫うように背中から入り、肺を貫通する形で僕を串刺しにする。

ああ、サワくんもついにやっちゃったか。対策していなかったら、今ので僕は死んでいたよ。まぁ治癒魔法ですぐに回復したかもしれないけど……致命傷だったのは確かだ。

「なッ⁉」

いやいや。どうして君が驚く。僕を殺すためにスキルを使って、その剣を僕に突き刺したのは君だろうに。この結果を望んでスキルを使い、その剣を僕に突き刺したんでしょ。

まぁサワくんに貫かれたのは生身じゃなくて《纏い影》による幻影だけどさ。

本体である僕は、既にサワくんの真横に位置した状態。ここから見様見真似で、メイ先輩の掌底っぽいヤツで隙だらけのサワくんの顎を打つ。

「ごぼぉッ⁉」

完全に不意をついたお陰か、かなり強く入ってサワくんは昏倒した。頸椎とか痛めてなければ良

いけど。……本当に残念だよ、サワくん。

チラリと確認するけど、堂上くんたちにはもう戦意がないね。佐久間さんを庇って動かない。賢明な判断だ。ちゃんと教官にも報告しておくよ。途中で諦めたってさ。勝てない戦いを続ける必要はない。特にこんなくだらない諍いなら尚更だ。

メイ先輩はまだ獅子堂と戯れている。いや、反撃するなという教官の指示を守っているだけか。なら、僕が行かないと終わらないってことか……面倒くさいな。

そう思いながら獅子堂の方へと向かおうとしたら、ヨウちゃんが立ち塞がって来た。

「……ねぇ。獅子堂は今、目標だった鷹尾先輩を超えようとしてるんだよ？　邪魔するのはダメじゃないかな？」

「……いい加減にしてよ、ヨウちゃん。これ以上邪魔するなら、本当に手段を選ばないよ？　話があるならダンジョンの外で聞くからさ。僕はダンジョン内でモタモタしたくないんだよ。先へ行きたいんだ」

通じないのは知ってるけど、ヨウちゃんに声を掛ける。

「……イノが私たちより先に行くなんてあり得ないよ。どうして分からないかな？　〝光〟もないクセにさぁ？」

「いや、人の話聞けよ。っていうか〝光〟って何？　電波ちゃんキャラに鞍替え？」

ゆらりゆらりと幽鬼のように、自然体以上に脱力した状態で間合いを詰めてくる。

あれ……ヨウちゃん。ここに来て良い動きするね。ちょっと見直した。

「……ねぇヨウちゃん。これ以上やるなら、骨の一本や二本は覚悟してもらうよ？　獅子堂たちと引き下がってくれるなら痛い目を見ないで済むけど？」

「うるさいな……イノのクセに生意気なんだよ……！」

ああ、そうですか。じゃあ遠慮なくってことで。

鉈の間合いギリギリで止まる……と思いきや、そのまま横にゆっくりと大きく傾いていくヨウちゃん。倒れ込んでしまうかという地面スレスレから、瞬間、バネ仕掛けの人形のように一気に踏み込んで飛び掛かって来る。緩急の差。なんちゃって酔拳か。コッチの世界にもあるのかな？

「《獅子顎》ッッ‼」

「はいはい。強い強い」

伏した獅子が一気に獲物に喰らい付くって感じの、飛び込みから両手で同時攻撃か連撃を放つというスキルかな？　残念だけど普通に遅い。

左右の手でヨウちゃんの両手首を掴まえる。

レベル差によるパワープレイだ。この分だと、ヨウちゃんはレベル【六】くらいだろう。既にレベル【一〇】となった僕には通じない。

どうせなら今の酔拳モドキから、最初に見せた《オーラフィスト》に繋ぐ方がシンプルで良かったかもね。

「ッ！」

手首を固定され、スキルをキャンセルされた瞬間に掬い上げるような金的蹴り。

僕は左手を放し、体を横に流して避ける。ほら、これで右手が自由になったし、タメの時間も稼げるでしょ？

金的狙いの左脚が、まるでピッチャーが振りかぶる際の様になり、その足が振り下ろされることにより、満を持してヨウちゃんの右拳が撃ち出される。

「《オーーラッツ‼　フィスト》ーーッッッ‼」

「……《纏い影》」

マナによる影を左手に纏い、真っ向からヨウちゃんの一撃を受け止める。先程のメイ先輩の《甲冑》と違って、今度は衝突の際の音はない。

この《纏い影》は割と汎用性の高いスキルで、幻影を作ったり、全身を影で覆って周囲の景色に擬態することもできる。今みたいに影を集中して防御的に使うと、衝撃などを吸収する効果だってある。かなり便利。

今のヨウちゃんの渾身（こんしん）の一撃では、一点集中した《纏い影》を貫くことはできなかったみたいだね。

「ど、どうして……？　イ、イノには〝光〟がないのに……？　なんで……なの？」

「…………はぁ」

まだ現実が見えてないらしい。

もう言葉は無駄だろう。

「……じゃあヨウちゃん。一応は忠告したから」

僕は両手にマナを集中し、ヨウちゃんの右拳と左手首を瞬間的に握り込んで…………折る。

「ぎゃあぁぁぁッッッ!!⁉」

絶叫が響く。

4．決着

ヨウちゃんの絶叫により、獅子堂がこちらを振り向く。

おいおい、その隙は致命的じゃないかな。メイ先輩が反撃オッケーだったらアウトだよ。

「くっ！　川神(かわかみ)⁉」

獅子堂はメイ先輩と一旦距離をとり、僕を睨む。

「貴様！　川神に何をした⁉」

「いや、普通に骨を折っただけ」

既に獅子堂以外は戦意を失っている。いや、獅子堂だけが未(いま)だに気炎を吐いていると言うべきか。

「……獅子堂……いや、武(たける)。もう止めよう。こんなの意味ない……」

「芽郁……！　くそッ！　なぜ俺はお前に勝てないんだッ⁉」

良かった。ヨウちゃんほど周りが見えてない訳でもないのか。流石に自分とメイ先輩との力量差には気付いているみたいだ。そのまま引き下がってくれれば尚良(なお)いんだけど。

と思っていたら、ちょうどそのタイミングで野里教官が獅子堂の下へ歩いて行く。

「……さて、バカ騒ぎは終わりだ。これでもまだ懲りないなら、お前らが先に仕掛けたことを学園に報告して終わり……退学だ。ただ、今おとなしく帰れば報告はしないでおいてやる。その怪我を適当に治療したあと、魔物にやられたとでも言っておけ」

パンパンと手を叩き、野里教官が事態の収拾に入る。

獅子堂たちからすると寛大な処置だろうね。多分、教官からすると後々の事務手続きが面倒だからだろうけど。もっとも、野里教官が黙っていたとしても、普通に学園にはバレてる気もする。

「…………嫌だ。俺は引き下がらない」

「……し、獅子堂さん……もう無理ですよ……」

まだ駄々をこねるのか。取り巻きの子が泣きそうになってるだろ。あのヨウちゃんでも引き下がったんだぞ。……いや《治癒功(ちゆこう)》っていうのか？　スキルで回復しながらコッチをメッチャ睨んで今にも飛び掛かってきそうだけど。

「……教官。私にも武をブチのめす許可をください」

「…………はぁ。頼むからちゃんと加減はしろよ、鷹尾」

メイ先輩の反撃の許可。往生しろよ、獅子堂。

「……武。掛かってこい。終わらせる」

「め、芽郁……！　どうしてお前は！　俺をそんな目でしか見ないんだッ!?　くそッ！」

たぶん、それは君自身の普段からの言動の所為だと思うよ。メイ先輩のことが好きなら、歪んだ対抗心を捨てて素直にそう言えば良いのに。コイツも拗らせてるな。

はじめましての僕でも気付くくらいなんだから、周りの子たちもちゃんと言ってやれば良いのに。……ま、子供とは言え男女の機微はデリケートな問題か。

「……昔から一方的に挑んでくる。私の都合もお構いなしに。そんな奴に良い感情があるとでも？私を目標とするのは別に構わない。でも、勝手な理想像を私に押し付けるのは止めて」

メイ先輩。獅子堂に通じないのを分かってて、それでも言ってるんだろうね。

「……俺はお前を超えるッ！」

ほらね。全然響いてない。まぁ言葉を重ねても分かり合えないなんてありふれた話だ。たとえ世界が違っても、人の有り様なんて変わらないだろうさ。ただ、それが良いか悪いかは別の話だけど。

「…………チッ」

メイ先輩の暗黒面。乙女が舌打ちはやめようね。

「《オーラブレイド》ッ‼」

「…………」

獅子堂が一気に踏み込む。今までと同じでメイ先輩は《甲冑》を維持したまま、左の前腕で受け流す。

違うのは、いつの間にか抜刀して、右手で打刀をだらりと構えていること。

両手で振るわなければ大丈夫と判断しているのか、獅子堂はメイ先輩の左手を封じている間は盾で軽くカバーするだけで打刀への注意は薄い。

そんな意識の間隙を縫ってか、メイ先輩が片手で打刀を振るう。普段からするとかなり遅いスピード。当然獅子堂は盾で受ける止める構え。……それはメイ先輩の誘いだよ。盾と打刀が接した瞬間、詰みだ。

「……《発勁衝》……！」

「ガハッ⁉」

メイ先輩のマナが爆ぜた。

獅子堂は盾ごと数メートル吹き飛ぶ。

盾を構えていた左腕は、脱臼か骨折コースだろうね。

武器を通じて発勁を通す。……という武技スキルらしい。詳しくは知らないけど、メイ先輩の元々の素養もあってか、近接戦闘ではかなりの威力を発揮している。ただ、発動後に隙がある為、乱戦では使い難いとボヤいていたのを覚えている。

メイ先輩も今やレベル【八】。しかも二次職にクラスチェンジ後。

そもそも獅子堂たちとはレベルとクラスで差があった。集団での立ち回りによっては、いい勝負になっただろうけど……一対一ではちょっと差が大きかったようだね。

「……終わり。もうこれ以上は相手しない。……私はイノ君と同じ道を征く。武は武の道を征けば良い」

「……がッ……く、くそ、何だいまのは……認めない。こんな結果、お、俺は認めないぞ！　め、芽郁！　決着はついてないぞ……ッ！」

コイツまだ言うか。ストーカー的な偏執を感じるね。イケメンじゃなかったら通報案件だぞ。いやまぁ、実家大金持ちのイケメンでも駄目なモノは駄目だけどさ。メイ先輩が少しでも靡いているならナシよりのアリってところだけど……今は無理そうだね。ビジュアル的にはワイルド系のイケメンと大和撫子な美少女って感じで様になるけど。

「……ウ、ウソだ。獅子堂がやられるなんて……あ、あれだけの〝光〟を……も、持って挑んだのに……」

ヨウちゃん。君も大概だね。獅子堂への実らない恋心がそうさせるのかな？　コッチはコッチでサワくんもご愁傷さまだ。あと、さっきからブツブツ言ってる〝光〟ってなんなの？

「……全員聞け。獅子堂の悪足掻きは放っておくとして、他の連中はどうだ？　まだ続けたいなら死すら覚悟しろ。これ以上は、井ノ崎に身を守るためなら最悪他の生徒を殺しても構わないという許可を出す。何なら私が手を下しても良い」

「「…………!?」」

野里教官の一声……と、《威圧》。っていうか野里教官、僕に対しても使ってる？　ちょっと影響出てるんですけど？

ま、なにはともあれ、獅子堂とヨウちゃん以外には効果覿面。怯えが見える。それぞれに目を合わせながら「もう帰ろう」とぼそぼそ呟いている。三人ばかり意識がない生徒もいるけど、もうお開きってことでファイナルアンサーでしょ。

あと教官、人を脅しに使うのは止めてくれ。本気じゃないのは伝わってくるけど、僕が真に受けて実行したらどうするよ？　やらないけど。

未だに喚く獅子堂と、ヨロヨロと獅子堂の元へ向かうヨウちゃんは放置して、僕はサワくんの元へ。流石に心配だ。掌底モドキの一撃の後、ピクリともしてない。

周囲に気付かれないように、マナを隠蔽しながらサワくんに《ヒール》を使う。すぐに血色は良くなったし、呼吸も安定している。後はちゃんとした診察を受けて貰おう。

顎を投石で打ち据えた佐久間さんの方は、同じ班のヒーラーが回復させているから大丈夫だろう。それに堂上くんが未だに僕を警戒してるから、近付かないに越したことはない。

……ヤバい。今になって罪悪感が凄い。中学生に大怪我させて平然としてた自分に不安が募る。これはダンジョン内だからか？　何だか些細なことでイライラした感じがする。いや、そもそも手を出してきた向こうが悪いんだけど、ここまでしなくても良かったような……この場で今さら『ゴメンゴメン』とも言えない。

と、とりあえず、メイ先輩だ。

「メイ先輩、お疲れ様でした」

「……イノ君の方こそ。私は獅子堂の相手だけだったし……」

それを言うなら、僕の方も軽い実戦訓練みたいなモノで大したことじゃない。結果に対してはアレだけど。

むしろ、獅子堂絡みについては、メイ先輩の精神的ダメージの方が大きそうだ。あ、僕もヨウちゃんの変わりようにはショックだったか。

「それで教官。コレ……事態の収拾はどうします？」

「……やはり知らん顔もできんよなぁ……学園……いや、波賀村理事に話を付ける。まずは市川先生と話を詰めることになるが……コイツらには口止めして沙汰を待ってもらう。獅子堂についても波賀村理事に丸投げが妥当だろう」

「……私の方からも、祖父母を通して獅子堂家に話をしてもらいます」

ヨウちゃんに慰められながらも、まだ戦意を滾らせている獅子堂。

メイ先輩はそんな獅子堂をいつもの……嫌い＝能面顔……じゃなくて、どこか哀しげに見つめている。幼馴染みと〝分かり合えないこと〟が改めてハッキリしちゃったのが、やっぱり辛いのかもね。

「……くそッ！　こんなハズじゃない！　俺は芽郁を超えるんだ……！　じゃないと、お、俺は……！」

獅子堂は獅子堂の方で心穏やかではないみたい。

はぁ。どうして好きな子と競い合うんだか……いや、獅子堂の詳細な心の内は知らないけど、メイ先輩のことが好きなのは確かでしょ。好きな子に意地悪したくなるってヤツの駄目な感じの延長線か？　それとも、メイ先輩を超えたら告白するとか願掛けしてたとか？　想いを成就させるのに条件付けするとか……呪詛師かよ。知らんけど。

「メイ先輩への初恋を拗らせちゃったんですかね？」

「だろうな。幼いうちから御曹司御曹司と、周囲にもてはやされて拗れたんじゃないのか？　まぁ要はただのヘタレだろ。好きなら好きとハッキリ言っておけば、鷹尾くらいなら付き合えただろうに」

「……その言い草、酷くないですか？　人のことを軽い女みたいに……」

　獅子堂の泣き言を聞きながら、僕らはどうでも良い話に興じる。分かってる。現実逃避だよ。


　結局、騒ぎを起こした佐久間班（リーダーはヨウちゃんでもサワくんでも無かった）と獅子堂班は謹慎処分となった。

　ただし、表向きには『申請以外の階層へ立ち入った』という名目での処分。

　そりゃ他の生徒たちにダンジョン内でケンカを吹っ掛けて返り討ちにあった……なんてことを発表できる訳もない。でも、波賀村理事に聞くと今回のような生徒同士によるダンジョン内でのケンカというか、抗争みたいなのは度々あるみたいだ。

　未成年の生徒同士が刃物を使っての衝突。一般社会なら大問題だ。

　ある程度は大目に見られるといっても、学園都市内でも問題なのは変わらないため、その都度揉み消しに奔走する人たちがいるそうだ。お疲れ様です。

　処分が決定した後も、獅子堂は家族を巻き込んで駄々を捏ねていたみたいだけど、個人の感情を優先して獅子堂家が波賀村理事……学園と対立するはずもなく、獅子堂家は当人を諌める形となった。

ちなみに、メイ先輩と獅子堂武は、あくまで両家同士の話ではあるけど、実質婚約状態だったそうだ。メイ先輩は今回初めてそのことを知り、しばらくは祖父母に対しても例の能面顔が続いていたらしい。許婚扱いが獅子堂が初恋を拗らせる要因の一つだったのかもしれない。ま、真相は誰にも分からないけどさ。

「まったく……。提出書類は多いし、A・B組の教官や教師たちにはあれやこれやとお小言をもらうしで散々だったぞ」

「そりゃゴーサイン出した張本人だし、大人として責任はとらないとダメでしょ？」

「……私たちは教官の指示に従ったまで……」

「……くっ！　お前ら……！」

諸々の手続きやら事情聴取やらで、ここしばらくは僕たちもダンジョンダイブが滞っている。仕方がないと割り切っているけど。ちなみに、ダンジョンを出た後はヨウちゃんたちへのイライラは収まった。

あと、今回の一件が何にどう作用したのかは分からないけれど、メイ先輩が持っていた獅子堂への嫌悪感や苦手意識も失せたそうだ。

『道を違えた者に対して、いつまでも負の感情を抱くのは不毛』

なんてことを言っていた。メイ先輩、相変わらずよく分からない。潔いとも言えるけど、先輩からの嫌悪感が無くなったとしても、そんな風にバッサリ切られた獅子堂からすれば余計に傷つきそう。

「まぁ、今回は図らずも同年代の学園生徒の力量を知ることができたわけですけど……獅子堂やヨウちゃんは中等部の生徒の中ではどの程度なんですか？」

「そうだな……中等部二年ということを考えればかなり上位の方だろうな。去年の鷹尾よりも少し落ちる程度じゃないか？」

「……獅子堂とは戦い慣れているから……でも、イノ君がヨウちゃんと呼んでいた……川神さんは、去年の私では抑えられなかったと思う」

メイ先輩は二年生の終わり頃の時点で、三年生を含めた中等部全体で個人としてはトップレベルだったそうだ。そのメイ先輩がヨウちゃんをかなり高く評価している。でも、恐らくそれは戦闘スタイルの差だ。噛み合うか噛み合わないかも大きい。

足を止めて打ち合うことが多いメイ先輩は、スピードを活かした一撃離脱や連撃が主体のヨウちゃんとは、一対一ではかなり相性が悪い。

クラスチェンジ前、《甲冑》を会得していない状態だったら、ヨウちゃんがメイ先輩を圧倒していたかもしれない。まぁそれぐらいヨウちゃんには天性のセンスを感じた。武道に関して素人の僕でもね。

「……あれで学園の上位層。想像だけですけど、六階層の強化ゴブリンチームへ挑むのはやはり厳しいですか？」

「そうだな。卒業後、即戦力として階層を次々に突破できるとは思えない。何かキッカケが無ければ、学園のカリキュラムに疑問も持たんだろうしな。それを考えると、今回の件はアイツ等にとっては良い刺激だったのかもしれん。少なくとも、獅子堂は鷹尾のストーカーを諦めんだろう。となると、獅子堂にご執心らしい川神も……」

野里教官もブレない。

ダンジョンの深層を踏破できる人材が出てくるなら、その経緯は問わないんだろう。

まぁ今となっては僕もソッチ寄りかな。

ヨウちゃんとサワくん。緩い闇堕ちイベントはコレで終わりにして、今後は王道を行って欲しい。獅子堂は知らん。嘘。がんばって欲しいとは思う。

「……獅子堂は私への拘りを捨てるともっと伸びる。いまの戦闘スタイルは獅子堂には合っていない気がする」

「確かに。アイツは攻撃か防御のどちらかにもっと偏った方が良いだろう。恐らく憧れである鷹尾のスタイル……足を止めての打ち合いに拘っているんだろうが、鷹尾ほどに技がない分、中途半端にまとまってしまっている。周囲の状況変化への柔軟性などは鷹尾よりも優れているだろうに……勿体ないことだ」

思いの外に野里教官は獅子堂を評価している。どうせなら本人にちゃんと言ってやればいいのに。

「野里教官、そういうのは直接教えてやらないんですか？」

「はん！　アイツは人の話を聞くような奴じゃないだろ。それに、こういうのは自分で気付かないと意味がないんだよ！」

「……イノ君。武門の道を征く者に、口先だけの助言は響かない……」

くっ。メイ先輩にまで〝残念なヤツ〟扱いされるとは……。

「はぁ。僕には武道の素養はありませんからね。その辺りは分かりませんよ」

「……むしろ、私はイノ君がどうしてあれだけ動けるかが分からない」

「私も常々疑問には思っていた。井ノ崎は特に武道の心得もなく、スポーツなどで体を鍛えていた訳でもない。なのに、ダンジョンに入っていきなり魔物たちと平然と戦えるのは一体何故なんだ？」

そりゃ答えは一つでしょ。

「それは、僕が〝超越者（プレイヤー）〟だからだとしか言えませんね」

「…………」

「…………」

外したか。

野里教官はどうでも良いけど、メイ先輩の能面顔は堪えるね……。

5．後始末

あのバカ騒ぎから数日。

今日は後始末だ。あまり気は進まないけど、ヨウちゃんとサワくんと話をする。

実はメイ先輩から『私と獅子堂のようになる前にちゃんと話をしておきなさい』と注意を受け、その後の静かな圧力に負けてのことなんだけどね。

メイ先輩が具体的に僕に何を望んでいるのかは分からないけど、獅子堂(幼馴染み)とのことについて、ある種の後悔があるんだろう。きっと。

「やぁ。割と元気そうだね」

「……イノか。はは、張本人がよく言うぜ」

サワくんの病室。結局、最後の掌底モドキもそうだけど、盾で僕の鉈攻撃を受け止めた時にもかなりダメージを受けていたようで、念のために入院となった。

謹慎処分ということで魔法による治療は却下されたらしい。悪いとは思う。罪悪感だって今はある。でも、反省はしていない。先に手を出してきたのはあくまでもサワくんたちだしね。そこは何故かブレない。自分でも不思議だ。

初めての対人戦の相手が幼馴染み。なのに、ビックリするくらい心が動じなかった。これはダンジョンの親和率なのか、プレイヤーなりアバター的なナニかだからなのか、それとも僕個人の特性なのか。どうなんだろうね。何となくだけど、〝僕〟はそういう仕様なんだって気がしている。

「とりあえず、お見舞いのお菓子置いておくよ」

「………悪いな。色々と」

僕を真っすぐに見据えるサワくん。憑き物が落ちたみたいで、ちょっとスッキリした雰囲気がある。淀んだ感じがしない。

「……イノが『特殊実験室』に所属となったって聞いてから、何だか凄くイライラしてたんだ。いま思うと、どうしてあんなにイライラしていたのかが分からない。イノがダイブするなら、もっとダンジョンのことで話もできるようになるのにさ」

「ふらふら遊んでいると思ってた僕が、実はダンジョンダイブを繰り返して特殊な実験に参加しているなんて言われたら……そりゃイラッとするのも分かる気がするよ。ずっと秘密にしていたのも事実だしね。僕も悪かったよ」

本当に違う。〝井ノ崎真〟の記憶にあるサワくんの姿、表情だ。

今の僕の目の前には、あの時の暗く濁った瞳のサワくんはいない。いつもの主人公っぽい姿だ。

「……ヨウちゃんや獅子堂は……他の奴らは結局あの後どうなったんだ？　謹慎処分の所為で、他の班員にも連絡できないし、誰も教えてくれないんだよ」

「え？　そうなの？　ガッツリ情報規制されてるんだ。……まぁ、別に僕は口止めされてる訳じゃないし良いのかな？　え〜と、サワくんがダウンした後は、僕がヨウちゃんの右拳と左手首を折ってヨウちゃんダウン。で、獅子堂はメイ先輩の一撃で盾ごと吹き飛ばされてそのままダウン。それで終わり。獅子堂は左肩の脱臼と左手首の骨折に脳震盪だったかな？　実家の権力パゥワーなのか、あっさり魔法で治療したらしいけどね。ヨウちゃんは自分の《スキル》で治療してたけど、完全に治る前に騒ぎが終わったから、少し不自由しながら寮で謹慎しているらしい」

ざっくりと顚末を伝える。

ちなみに、僕が投石で顎を砕いてしまった佐久間さんは、顔の怪我ということもあり魔法で完全に回復してもらったそうだ。彼女に対しては流石に僕もやり過ぎたと反省してるし、ガッツリ怒られた。当たり前のことだ。それに、一切躊躇しなかった自分に対しても不安を覚えるほど。

「…………そうか。ヨウちゃんでも敵わなかったのか。イノ、強かったんだな。俺が勝てないのも当然だよな。それに、あの獅子堂も負けた。そうだろうとは思ってたけど……」

獅子堂。

僕からすると、話が通じないイケメンストーカーという印象だけど……サワくんや他の生徒達からすると特別な感じだったのかな？　実家の背景もあり、ちょっとしたカリスマみたいな扱いだったのかもしれない。

確かによく鍛えられていたし動きも悪くはなかった。最後はともかく、他の生徒も嫌々付き従っている風でもなかったしね。いや、誰かちゃんと諫めろよ！　……とは思ったけど。

「動きを誘われて、盾の上からの一撃でのされたクセに負けを認めず、未だにメイ先輩を諦めてないらしいけどね。僕からすると偏執的なストーカーだよ、アイツ」

「そう言ってやるなよ。結構すごい奴なんだよ、獅子堂はさ。いや、イノや鷹尾先輩に比べたらアレかもしれないけど。アイツは俺たちからすると、ちょっとした憧れみたいな感じなんだ。ヨウちゃんだってそんな獅子堂だから……」

やっぱりカリスマ感はあったんだね。なら、尚のこと獅子堂には立ち直ってもらいたい。

メイ先輩がほっぺにチューでもすれば立ち直るんじゃね？　なんてことを冗談で言ったら、普通にしばらく口を利いてくれなかった。なので、そういう方面からのアプローチは無理だな。うん。

「……なぁイノ。ヨウちゃんには会ったのか？」

「いや、まだだよ。実はこれから会いに行くつもり。一応、今回の顚末を知っている教官の勧めもあって、謹慎中だけど寮棟で会っても良いって言われたよ。まぁヨウちゃんが僕に会いたいかは分からないけど……」

サワくんは少し俯き加減で何かを考えている。話すことをまとめているのか。

「……俺が言うのも何だけどさ、ヨウちゃんのことは許してやってくれよ。獅子堂のこともあるだろうけど、たぶん、イノに置いて行かれそうになって、焦ってたってのもあると思うんだ。学園に来てからはそうじゃなかったけど……ほら、イノとヨウちゃんはずっと一緒だっただろ？　俺なんかよりずっと混乱してたのかも……」

サワくん。やっぱり君は良いヤツだね。そうやって自分のことより、先に人のことをちゃんと心配できるってのは、大人だってできない場合も多いよ。

「サワくんのこともヨウちゃんのことも怒ったりはしてないよ。そりゃあの時はイラッとはしたけどさ。むしろ僕の方がやり過ぎたくらいだ。許すとか許さないっていう話なら僕の方こそだよ」

ダンジョンダイブを邪魔された。だから排除しないと……という、そんな物騒な考えがあの時の僕にはあった。無力化するにしても、もっとやりようはあったはずなのに……。

「いや、悪いのは俺たちだ。先に手を出した方が圧倒的に悪い。それくらいは分かっているよ」

「……サワくん。僕はさ、メイ先輩じゃないけど……同じ道を征く同志だと思ってるから……サワくんやヨウちゃんが、これからもダンジョンの深層を目指すというならね。僕はズルをして、少し先行してるだけなんだ」

僕の言葉がサワくんにどう響いたのかは分からない。でも、僅かに残っていた鬱屈としたマナが、この瞬間に昇華したのを感じた。

「……そうか。そうだよ。そうなんだよな。学園に来てから、周りとの競争で一喜一憂してたけど……俺は探索者になって、ダンジョンの深層やまだ誰も彼も辿り着いていない場所へ行きたかったんだ。なんでこんな当たり前のことを忘れてたんだろう？　……なぁイノ、俺も頑張ってすぐに追い付くよ。そしたら、その時は一緒にダイブしてくれるか？」

そうだよ。サワくんの瞳には、そっちの方がよく似合う。夢の灯(あか)りを絶やさないで欲しい。キラキラ感のあるサワくんは苦手とか思っていたけど、あの澱(よど)んだ眼(め)をしたサワくんよりずっと良い。

「勿論だよ。僕とサワくんはもうただの友達じゃない。ダンジョンの深層を目指す同志だからね」

その後、サワくんとは久しぶりに他愛も無いことを話し合った。少しぎこちなかったけど、最後の方では自然に笑えてたと思う。

で、お次はヨウちゃん。

僕的にはコッチの方が気が重い。まだ拗らせているらしいと聞いてたから。

そうは言っても、会わないという選択肢もない。寮に到着しちゃったし。よく考えたら八号棟の寮には馴染みがあるけど、女子棟に来るのは初めてだ。どうでも良いことだけど。

受付で手続きをして、ヨウちゃんを呼び出してもらう。謹慎中なのでホールじゃなくて自習室で面会することに。こういう所は割と厳しいんだよね、この学園。

目に優しそうなクリーム色の内装の自習室に先に入り、椅子に座って暫く待ってたら、寮長かそれに類する女子生徒と一緒にヨウちゃんが入って来た。

左手は三角巾で吊られてる。痛々しい。一体誰がこんな酷いことを……。うん。僕だな。反省はしてない。罪悪感はあるけど。

「面会は三十分以内でお願い。そこまで厳密な訳じゃないけど、学園に対してのポーズは必要だからさ」

寮長らしき女子生徒は、そう言って去って行った。あ、監視的に立ち会ったりしないんだ。学園の規則的なことは厳しい割に、管理する側の担当者が緩いな。

ヨウちゃんが対面の椅子に腰掛けたタイミングで僕の方から声をかける。

「ヨウちゃん。調子はどうなの？」

「……それ、イノが私に聞くの？」

「サワくんにも似たようなこと言われたよ」

ヨウちゃん。少しやつれてるね。覇気もない。

いや、元気一杯なハイテンションで、ゲラゲラ笑いながらギャグ的な挨拶とかされたら流石にもう一回ブチのめすけどさ。そこまで振り切れてたら、心配の必要もないだろうし。

「それで？　『特殊実験室』で忙しいイノが、わざわざ謹慎中の落ちこぼれに何の用なの？」

うわぁ……今度は違う方向に拗らせてるな。サワくんを見習えよ。何だよその不貞腐れた感じは。怪我の程度は別として、ソッチが先に手を出したんだぞ。言うなれば僕の方が被害者だし。

「様子を見に来ただけだよ。そろそろ完全に五階層を超えてその先に行くからさ。在学中にはもうダンジョン内で会う機会がないだろうからね」

「…………嫌なこと言うね、イノ」

〝えー？　勝手な難癖つけて、相手の都合もお構いなしに、数を揃えてダンジョンで待ち伏せして、暴力に訴えてきたのは嫌なことじゃないんですかー？〟

「……ッ！　……そ、それは……悪かったと思ってる……」

「あ、口に出てた。ごめんごめん。……まぁでも、僕の方も流石にイライラしていたとはいえ、やり過ぎた。ごめん」

明るくて、お転婆で、勝ち気な自信家。

そんなヨウちゃんのことを〝井ノ崎真〟は好きだったんだろう。まぁ同時にヨウちゃんからの押し付けをちょっと迷惑がってもいたみたいだけど。

でも、今の僕は違う。当然にｎｏｔロリコンとかそんなことでもない。

「それで？　ヨウちゃんはこれからどうするの？　探索者は諦める？」

「…………わ、私がどうしようと、別にイノには関係ないでしょ？」

まぁ、そうだね。僕も早くダンジョンの先へ行きたいだけだし、これ以上ヨウちゃんに突っ掛かる理由もないね。

「ま、確かにね。じゃあ僕はもう行くよ。ダンジョンの先にね。……ああ、一つ言っておくけど、これからはサワくんの足を引っ張らないでね」

「……えッ？」

サワくんは前を向いた。主人公的なキャラだろうし、これからは僕なんかよりも凄い探索者になるかもしれない。少なくとも澱んだ感じはもうない。

でも、ヨウちゃんからはそういう前向きになろうとする意思を感じない。少なくとも今は。

まぁそれはヨウちゃんの勝手というか、ペースもあるだろうから仕方ないけど、サワくんの足を引っ張るようなことは止めて欲しいね。

「ま、待ってッ！　何なのソレ⁉　イノのクセにさぁッ！」

「……イノのクセにって……とりあえずダンジョン内での戦いの結果は出たと思うけど？　獅子堂共々にさ」

「……ぐッ。わ、私のことは良い。……でも、獅子堂のことを悪く言うな！」

サワくんとは違う。ヨウちゃんの瞳に宿ってるのは暗い炎だ。澱んでるよ。

「メイ先輩も僕も、結構手加減はしたんだよ。〝強さがあれば何をしても良い〟ってわけじゃないと思うから。でも、獅子堂やヨウちゃんは〝ソレ〟をしてきたよね？」

「……は？　なんなの？」

ある程度の自覚はあるだろうに……自分の傲慢さってやつにさ。知らないフリの下手な演技をされてるみたいで、流石にちょっとイライラしてくる。ダンジョンで感じた暴力的な衝動を伴うイライラとはちょっと違うけど。

「ヨウちゃんは小さい頃から何でもできたよね？　興味のあることを練習すれば、後から始めても先にやっていた子よりも上手にできたりさ」

「……だから何の話？」

彼女を主人公だと思ったのは、その天性の勘の良さ。何をやってもそれぞれの本質を直感的に理解していた。凄いことだとは思う。

僕じゃない〝井ノ崎真〟もヨウちゃんを天才だと思っていた。

でも、その反動なのか、彼女は挫折を知らないし、自分より能力の低い人間を下に見たがる。できない側の気持ちが分からないことも多いし、同年代で自分と同等かそれ以上の存在を知らない。

「はじめはサワくんが〝同じ〟だと考えてたけど違ったんじゃないの？　いつの間にかサワくんも自分より下。イノや風見も違う。学園で出会う人たちも今までと同じ。でも、そんな時に獅子堂という存在に出会った。あぁ！　この人は私と同じかもしれない！　……って感じ？」

「……だから何の話をしてるのよッ⁉」

「天才少女の挫折の物語だよ。いや、自分を天才と思い込んでいた、ただの少女の喜劇かな？」

ヨウちゃんは確かに天才かもしれないけど、よく考えたらそれだけだ。

空っぽ。

〝井ノ崎真〟の記憶でも、ヨウちゃんが自ら本気で何かに打ち込む姿を見たことがない。ただ、できるからやっているという感じだ。

作られたイメージではあるだろうけど、探索者というのは子供心には憧れの職業だと思う。漠然とした憧れから、学園への編入というチャンスの中でサワくんは本気で探索者を目指すようになったみたいだけど、ヨウちゃんも同じだった……とは、今となってはそう思えない。

「まぁヨウちゃんが一種の天才なのは間違いないと思う。でも、別に正しい訳じゃない。人より上手くできるだけ。獅子堂も同じだ。一族の権威があって好き勝手はできる。自身の能力だって高いし、周りも逆らわない。でも、だからといって正しい訳じゃない。自分たちが正しくなくても、今までは能力や才能、権威や権力なんてモノで誤魔化すことができただけ」

「…………」

ヨウちゃんはその天性の才能と結果によって周囲から許されてきた。でも、ヨウちゃんの言動はかなり際どいことも多かった。少なくとも〝井ノ崎真〟の記憶では、できない側への配慮に欠けていたように思う。ま、成功体験の積み重ねで調子に乗るっていうのは理解できるけどさ。

「もう、やめた方がいいと思うよ？　そういうの。自分を天才だと思うのはヨウちゃんの勝手だけど、それで他人を自分より下だと決めつけるとかさ」

「……私は……そんなことは……！」

言葉とは裏腹にムチャクチャ睨んでくるね。悪いけど、ヨウちゃんは自分でも分かってるでしょ。

「小さい頃からずっと一緒にいたけど、僕を含めた凡人に対して、ヨウちゃんは傲慢だったよ。子供故の残酷さだと思ってたけど、小さい頃から自分が特別だと明確に自覚してたでしょ？　少なくとも、この学園に編入した頃にはしっかり自覚してたのは間違いないはず。だからこそ、似た者同士な獅子堂に惹かれたんじゃないの？　……まぁその辺の男女の機微は知らないけどさ。今回は色々と自分の思い通りにならないことがショックというか、気に入らないだけじゃないの？」

「ち、違うッ！　私はそんなんじゃないッ！」

「……まぁ僕も好き勝手に言ってるだけだしね。ソレを受け入れるかどうかは任せるよ。ただ、今後、自分勝手な考え方にサワくんを巻き込むことだけはやめてねってだけなんだ。僕のことを見下す分には全然かまわないけどさ」

レベル【一〇】を超えてから、特異領域の外でも、ある程度はマナを感知できるようになってきた。

今のヨウちゃんのマナは澱んでる。瞳に宿る暗い炎もこの前と変わっていない。サワくんとは大違いだ。

「………か、勝手な……ことばかり……い、言いやがってッ！　イノに私の何が分かるんだッ⁉　〝光〟も視えないクセにさッ！　わ、私が、どんな気持ちだったかッ‼　凡人に私の渇きが分かってたまるかッ！　獅子堂だけだ！　この渇きを理解できたのは！」

はいはい、大変だったね。辛かったんだろうね。まぁもう僕には関係ないから帰るけど。

今度こそ立ち上がり、部屋を出て寮棟の受付へ向かおうと思ったら、ヨウちゃんが僕の後頭部目掛けて自習室の机に飾られていた花瓶を投げつけて来た。

……マジかよ面倒くさい。タイミングを合わせてマナを瞬間的に集中する。ダンジョンで普段使いしている、マナの凝集による防御と同じだ。効力は段違いに弱いけど。

花瓶は後頭部……を覆うマナに当たって砕け散る。当然に僕は小動もしない。床に破片が散乱するのみ。あーあ。これ、一体誰が掃除するんだか。

自分の咄嗟の行動に対してなのか、まるで動じない僕になのか……ヨウちゃんは驚愕(きょうがく)して、ヨロヨロと後退する。そのまま壁に背をぶつけてその場にへたり込んだ。思わずやっちゃったって感じなんだろうけどさ。

「……そういうのが駄目なんだよ、ヨウちゃん。今の……普通の人なら大怪我してるからね？　いや、下手をすれば大怪我だけで済まなかったかも」

「…………あ……イ、イノ……な、なんなのよ、アンタは？　な、なんで……？　何をしたの？」

ヨウちゃんが本気で困惑している。それもそうか。マナによる強化の恩恵がない特異領域(ダンジョン)の外で〝こんな真似〟をすれば驚きもするか。

「……さあね。〝光〟とやらが視えるヨウちゃんなら分かるんじゃないの？」

僕は困惑したままのヨウちゃんを見据える。無機質で冷たい瞳をしているのが自分でも分かる。

悪いけど、僕はこれ以上ヨウちゃんに構う気はない。この先、ヨウちゃんをきちんと導いてくれる恩師が彼女の前に現れることを願うばかりだ。

「……で、でも……〝光〟が……イ、イノには……ない」

ごめん、僕にはその〝光〟とやらは分からない。興味もないんだ。

「ヨウちゃん。僕の同志はダンジョンの深層を目指す人だけ。君や獅子堂のように、被害妄想と歪んだ優越感を振りかざす子に用はないんだ。改めて言うけど、くれぐれもサワくんの足を引っ張らないでね？」

「…………わ、私は……」

ヨウちゃんに構わずそのまま部屋を出る。何かまだ言いたそうだったけど、もうどうでも良い。

メイ先輩じゃないけれど、ヨウちゃんはヨウちゃんの道を征けば良いさ。先行きが良い道であることだけは祈ってる。

第五章　ダンジョンの先を知る者

1. 先達

今日は本気仕様でダンジョン。五階層のフロアボスであるホブゴブリンを倒す。まぁ倒せないとしても、一体どれほどのモノなのかを確認するって感じ。

「既に二人ならホブゴブリン自体は倒せる。五階層のクリアは周囲に強化ゴブリンが何体出るかによっての運次第といったところだ。ボス部屋の扉は階層ゲートと同じで、潜ると別の空間に飛ばされる。飛ばされた先は巨大な密室のようになっており、そこでボスが待ち受けている。ボス部屋はゲート以外で行き来はできないが、帰還石を使っての撤退自体は可能だ」

ボス戦でも撤退できるんだ。てっきり、ゲーム的な感覚で『○○からは逃げられない』ってなるのかと思ってたけど、それは大丈夫ってことか。これは助かる。勝てそうにない相手、しかも逃げられない。絶望しかないからね。

「相手の配置によっては、今日は様子見だけでも良さそうですね」

「……イノ君。そんな心持ちではダメ……今日、五階層を超える」

静かに闘志を燃やしているメイ先輩に怒られた。いや、気持ちは分かるけど、無理そうなら普通に撤退するから。玉砕には付き合わないよ？

「鷹尾(たかお)の心意気は素晴らしい。だが、ダンジョンでは逃げられるなら逃げろが鉄則だ。死力を尽くして戦う必要はない。いや、死力を尽くさないとダメな時点で、そのダイブは失敗だ。ダンジョンの深層を目指すといっても、私は無謀な挑戦を推奨したりはしない。その辺りは学園の方針にも賛成だ。私が推すのは、冷静に、確実に、時に強引に……というくらいだ。……命を失えばやり直しはできないからな」

現役の探索者と言いながら、野里(のざと)教官には共に活動するチームがない。本人に詳しくは聞いていない。でも、過去のダイブで仲間を失ったという噂(うわさ)なら耳にしたことがある。

野里教官の指導、考え方に接していると、噂は本当なんだろうと思う。ダンジョンダイブにおいては命を失わないことが前提だ。学園でもそう教えているけど、野里教官の言葉ほどに熱は感じない。

「……すみません。気が逸(はや)っていました」

「大丈夫だ。本気で心配はしていない。井ノ崎(いのさき)が鷹尾に同調していればブン殴っていたがな」

なんで僕だと殴るんだよ。そこはメイ先輩に注意するところだろ。いや、メイ先輩を殴れとは言わないけどさ。

「まぁ良(い)いですけど……太刀と槍(やり)はどうします？」

「……まだ打刀(うちがたな)と脇差。あと少しレベルアップして訓練すれば、片手で太刀を扱えるかもしれないけど……今は使い慣れたバランスを崩したくない」

レベルアップの恩恵か、メイ先輩は今や軽々と片手で打刀を扱っている。

僕はよく知らなかったけど、そもそも日本刀は両手で扱う物で、鷹尾家の流派である鷹尾流の中にも、片手で刃筋を立てたり、手の内を締める為の具体的な方法論は少なく、特に今のメイ先輩に有用なモノは無かったみたい。なので、メイ先輩は鷹尾家の流派の方々と共に、日々創意工夫と模索を続けているらしい。その結果、片手での刀の扱いにも慣れてきたようで、ゆくゆくは太刀を片手で振り回すことを目指しているとのこと。

一方そのころ、僕は元気に鉈を振り回していたとさ。……稚拙だ。でも仕方ないじゃないか。今さらちゃんとした〝技〟を習ったところで、メイ先輩ほどモノになるわけでもないし。

「なら、インベントリに入れっぱなしにしておきます。もし戦闘中に入れ替えが必要なら合図をお願いしますね」

「……うん。ありがとう」

「よし、ならそろそろ行くか。同行はするが、命の危険が無い限りは手も口も出さんから、私に頼ろうとするなよ？　あくまで井ノ崎と鷹尾の二人でクリアを目指せ」

では行きますか。

僕らは安全地帯を出てボス部屋へ向かう。

そうなんだよ。今日は五階層のボスに挑むためにダンジョンに来た……はずだった。本気仕様でさ。

ボス部屋の扉の前で装備の最終確認をして、扉……つまりボス部屋へ通じるゲートを三人揃って潜ったのも確かだ。

なのに、今は僕一人だ。

確実に五階層のボス部屋じゃない。

かなり広い部屋。ダンジョン内のように明かりはあるけど周囲は薄暗く、天井に至っては暗くてよく見えない。割と高さもあるみたいだ。

僕は部屋の中心らしい場所に出現したようで、足元の床には『これが原因だろ！』とツッコミたくなる、典型的な魔法陣的な幾何学模様が彫られている。今は消えているけど、さっきまではこの魔法陣の一部がほのかに光っていた。はいはい、どうせ転送後のエフェクトだろうさ。

今までゲートは何度も潜ってきたけど、勿論（もちろん）こんなのは初めてだ。話にも聞いたことがない。公表されてないだけで、このような現象は把握されてるのかもしれないけど。

全力で《気配感知（中）》を展開してみても、感知範囲に魔物の類はいない。とりあえずは安全そうだ。でも、正面にはいかにも怪しいという感じの巨大石像があるんだよね。近づくと急に動き出して敵判定に変わるヤツな気がしてならない。

インベントリから帰還石を取り出し、いつもの様にマナを込めるけど反応もない。ボス部屋からでも脱出できるってさっき聞いたばかりなんだけどな。全然使えないじゃん。

「……はぁ。じっとしてても始まらないか……」

気は進まないけど、他にめぼしい物もない。正面に見える石像の元へ向かう。それにしてもデカいな。二十メートル位はありそうだ。

石像は男性を模しているようだけど、ローブを纏い、頭からフードを被っている為、目元は影だけ。口元も長い髭に覆われており、人相はほぼ分からない作りだ。

剣の切っ先を垂直に地面に刺し、両手を柄の上で組んでいる。勝手なイメージだけど、中世の騎士とかの銅像でありそうなポーズだ。

アレが動き出して、剣を振り回すとなると……今の僕では有効な攻撃手段はない。逃げ回るのが精一杯だろうね。いや、動いて欲しくはないよ。フリじゃない。ホントだから。頼むよ？

特にトラップの発動や妨害等もなく、無事に石像の足元までできたけど、特に石像が動く気配はない。

ここまで来ると流石に圧迫感が凄いし、もし動いたら蹴飛ばされて終わり……なんてことを考えてビクビクしてたんだけど、石像の足元には更に怪しげな石碑のような物があった。高さは二メートルほどで横幅は一メートルくらいかな。この石碑も大きいけど、巨大石像を見た後だとそれ程の驚きはない。

石碑には何らかの文字が書かれているけど、当然の如く僕には読めない。日本語や英語でないのは確かだ。ダンジョン語か？　なんかそんな研究をしている人たちもいるっていうのは聞いたことがある。

「この石碑にめり込んでる水晶……転魂器か？」

石碑の真ん中辺りに、ソフトボールより一回り大きい位の水晶が埋め込まれている。以前に見た転魂器のように、大量のマナが渦巻いてるのが分かる。まぁ順当に考えて、この水晶が何らかのスイッチなんだろうね。

　時間経過でナニかが発動するとかも考えられるけど、ただ待つのもな。メイ先輩たちの方も心配だし、できるなら早く戻りたい。

「……やるか」

　そっと水晶に手を触れる。即座に逃げられるようにへっぴり腰だけど。

　深呼吸をして覚悟を決め、体内でマナを練り上げ、ゆっくりと水晶に向けてマナを放出した。

　メイ先輩のクラスチェンジの時のようなどこか暖かみのある光ではなく、ＬＥＤ照明のごとく青白くて眼(め)を刺すような無機質な光が水晶から発せられる。

　ふと頭の中に『目が～ッ⁉』っていうアニメのシーンが浮かんだけど……なんだこれ？　前世の記憶か？　どうでも良い記憶ばかり鮮明で困る。

　まぁその後しばらくはその状態が続き、徐々に光は収束していき、そのまま水晶は元の状態へ。

　え？　これだけ？　特に石像にも石碑にも変化はない……と、思っていたら……。

『……ここへ来たということは、君も〝プレイヤー〟だな』

　真後ろから声が聞こえた。

　瞬間、僕は《纏(まと)い影(かげ)》で全身を包みながら横へ飛ぶ。着地と同時に走り、更に距離を取ってから振り返って声の主を確認する。

『五階層のボスへ挑む前に【チェイサー】か。なかなか慎重さがあるようだ』

「………………」

石碑の前方約五メートル。つまり、さっきまでの僕の立ち位置の真後ろに、立体映像のような半透明な人影が出現している。さっきまではこんなのはいなかったし、気配も無かった。いや、今でも気配はない。視覚に映るだけ。ほぼ間違いなくさっきの水晶の所為だろう。

『警戒するのは当然だが、俺は見ての通り映像だ。君に危害を加えることはできない。信じないだろうが』

「……一体何者なんだ？　僕を〝プレイヤー〟と呼んだ？」

相手の言い分が正しいかは分からないけれど、この部屋から脱出する為には、あの立体映像とコミュニケーションを取らないとダメなんだろうね。ゲームのイベント的には。魔物相手では平然としていられるのに、こういう時は心臓がバクバクしてる。

『まず自己紹介だ。俺の名は皇　恭一郎。正確には皇恭一郎の模擬人格。このダンジョンなんてモノが存在する、狂った世界に迷い込んだ〝プレイヤー〟だ。俺が反応したということは、君もプレイヤーだろう？　ダンジョンのない世界から来たんじゃないのか？』

おぅふ。想像以上に重大なイベントのような気がしてきた。

「……リアルタイムで僕が見えている？」

『違う。俺はあくまでも皇恭一郎の模擬人格だ。オリジナルの俺に繋がっている訳ではなく、オリジナルが取るであろう行動をシミュレートしているだけだ』

よく分からない。この世界の今の年代の科学技術水準を超えている。明らかにダンジョンテクノロジーが用いられている。分からないことは諦めてスルーだな。

警戒しつつ、少し立体映像の方へ距離を詰める。

「一体この部屋は何ですか？　僕は五階層のボス部屋のゲートを潜ったはずですが？」

『オリジナルの俺が、いつか来る後輩プレイヤーのために用意した部屋だ。皇と近似値のマナ反応を持つ者をプレイヤーと仮定し、その者が五階層ボス部屋のゲートを潜った際にここへ飛ばすように設定してある。ダンジョンシステムへのハッキング……正確にはクラッキングだが……そう言えば通じるか？』

なんだよダンジョンシステムへのクラッキングって。このダンジョンというシステムを解明して逆利用しているのか？　……これもスルー推奨だね。

とりあえず、今の状況は想定外の出来事じゃなく、僕がここへ来たのは一応の理由があったということか。いまはソレだけで納得しておく。

「それで、後輩プレイヤーをここへ呼んで何をするのが目的ですか？」

警戒はしたまま、質問を重ねる。

『簡単に言えば、ダンジョンについてのレクチャーだ。ただし、俺は皇が五十階層を超えた時点で創られた模擬人格であり、答えられることはそう多くない』

いきなりブッ込んで来たな。五十階層かよ。アメリカの三十八階層とかが最高階層じゃなかったか？　あくまで公式記録では。この日本でもヤバい実験とかしているくらいだから、他国だって全ての情報を公表している訳もないだろうし、公表された情報は参考程度だと思うけど。

正しい情報かは確認しようがないけれど、この皇さん（模擬）との会話は有益かもね。《纏い影》は維持したまま、更に近付く。

　見た感じは四十代後半から五十代前半といったところか。映像が床から三十センチほど浮いているので正確には分からないけれど、日本人にしては長身だ。百八十センチ以上は確実にある。

「どういったことをレクチャーしてもらえます？」

『基本は聞かれたことだ。だが、絶対に伝達することが三つある。聞く気になったようなので話す。まず一つ目は〝この世界へ来た方法も、帰り方も分からない〟ということ』

　いきなりかよ。聞こうとしたことが一つ減ったね。

『二つ目は〝日本のダンジョン学園の創設に関わっている超越者(プレイヤー)は皇、つまり俺〟ということ。三つ目は〝できれば深層部へ来てくれ〟ということ。以上だ』

「…………」

　この皇さん（模擬）のオリジナルが、野里教官から聞いた日本の元祖〝超越者(プレイヤー)〟か。後輩プレイヤーの為なんて言うから、何となくそうだと思ったけど。

「色々と聞きたいことがありますけど、まず三つ目の〝深層部へ来てくれ〟とはどういう意味ですか？」

『そのままの意味だ。俺には判断がつかんが、オリジナルの皇は未(いま)だにダンジョンを攻略中のはずだ。少なくとも五十階層を超えた先へ行っている。同じ超越者(プレイヤー)にダンジョン攻略を手伝って欲しいという意味の伝言だ』

え？　学園の創設に関わる超越者(プレイヤー)が現れたのは、確か一九四五年のはずじゃ？

「えっと……シンプルに皇さんは何歳？」

『普通に年齢を数えると百歳を超えている。体感年齢ならもっとだ。しかし、俺の見た目とオリジナルで大きな差はないだろう。オリジナルが今もダンジョン内で生きているなら、似たような姿のはずだ』

　んなアホな。超越者は歳をとらないのか？　いや、僕は去年から身長は伸びているし、日常的に爪や髪も伸びる。僕の年齢だと成長だろうけど、成長するってことは老化もするはず。歳をとらないなんてことはないだろ。

『先に答えておく。別に超越者だから不老という訳ではない。ダンジョンの中だからだ。ダンジョンの中では時間の概念が外と違う。階層が進むたびに外との時間差が大きくなり、ダンジョン内では肉体的な老化もほぼ止まる。何故か生理現象はそのままだがな。オリジナルの皇が確認したところ、三十五階層が分岐点だ。その先からは、ダンジョン内で一ヵ月を過ごしても、外では三日程度しか経過しない。超越者以外でもだ』

　えーと。思ったよりヤバい仕様な気がする。

　三十五階層から先はダンジョン内でどれだけ長い時間が経過しても肉体年齢は変化しない。で、外に出ても大して時間は経過しない。いや、肉体より先に精神に異常をきたしそう。まぁ三十五階層までそう簡単に行けないけどさ。

「ちなみに貴方が創られたのは何年？」

『一九八〇年だ。ダンジョン学園や探索者協会の運営が軌道に乗ったのを見届けて、オリジナルの皇はダンジョンに姿を消した』

何だよソレ。えーと、ダンジョン内の三十日が外では三日として、ざっくり十倍の差。つまり、一九八〇年から四十年以上経過してるんだから、単純計算すると……四百年以上をダンジョン内で過ごして……って、冗談でしょ？

「いやいやいや。オリジナルの皇さんは何を食べて生きてるんです？　生理現象はそのままでしょ？」

『そうだな。ここへ来るってことは五階層すらクリアしていない状態だったな。ステータスウインドウの「ストア」が開放されると、魔石などを対価として諸々を購入することができるようになる。いや、そもそも君は本当に超越者（プレイヤー）か？　俺はあくまで皇と近似値のマナに反応しているだけだからなぁ……』

いきなり情報が多いな。

今日は五階層のフロアボスに挑むはずだったのに……野里教官はどうでも良いけど、メイ先輩は大丈夫かな？　ちょっと現実逃避しそう。

2．五階層

「はぁ……細かいところはスルーしますけど、僕にはダンジョンがない日本で暮らした記憶があり、この世界でステータスウインドウを呼び出すことができます」

既に皇さん（模擬）に対しての警戒は解いた。いや、驚きと共に勝手に解けていたと言うべきか。

『そうか。皇と同じ。やはり君も超越者（プレイヤー）で間違いないようだな』

そうだ。その超越者（プレイヤー）のことを聞かないと。

「結局、超越者（プレイヤー）って何なんですか？」

すると、今まではノータイムで答えてくれていた皇さん（模擬）が、片手を顎、片手を逆の手の肘にという、立ったままで俗に言う考える人ポーズになった。まずい質問だったのか？

『……今のオリジナルの皇なら答えられるのかもしれないが、俺は正解を知らない。俺が創られた時点の皇は、超越者（プレイヤー）についての考察は放棄していた。いくら考察しても答え合わせができないからな。もしダンジョンの最奥を目指し、オリジナルの皇に会ったら聞いてみてくれとしか言えない』

「……何百年単位でダンジョンダイブしている人に追い付けるとは思えませんけど？」

このダンジョン、僕が想像していた以上に先が長そうだね。でも不思議と諦める気になってない。もしかすると、これが超越者（プレイヤー）に課せられた何らかの強制力なのかもしれない。……っていうか、絶対に僕は何らかの〝操作〟をされているだろうしね。魔物と平然と殺し合いできるのがまずオカシイ。聞けば、そういうのは親和率には関係ないらしいし。

『あくまで推察だが、オリジナルの皇はそこまで先行している訳ではないはずだ。このダンジョンは、複数の超越者（プレイヤー）で攻略することが前提となっているようだからな。もしかすると、他の超越者（プレイヤー）がある程度追い付くまでは、安全地帯で休眠しているという可能性もある』

冬眠する熊かよ。まぁ《スキル》なんていう不思議パワーがまかり通る以上、あり得ない話でもないのか？　超越者が近づいたら目覚めるとか？

「オリジナルの皇さんは良いとして……ここを訪れた超越者は僕以外にもいます？」

『この第二ダンジョンゲート経由では八人だ。俺は一旦ココを訪れた者を二十階層までなら追跡できるんだが……残念ながら一人はダンジョン内で死亡した。五人はダンジョンダイブを繰り返しているが、まだ二十階層を超えてはいない。残りの二人は数年前からダンジョンダイブの形跡がないな。一般人として、ダンジョン以外で人生を謳歌していると思いたいものだ』

超越者が僕以外にも居ると聞いて少し安心した。まぁこの皇さん（模擬）の情報を信じるならだけど。


その後も皇さん（模擬）にアレコレ情報を聞いておいた。

皇さんのこと、この世界の探索者のこと、ダンジョンでの戦闘や魔物のこと、クラスや《スキル》のこと、ステータスウインドウやインベントリのこと、ダイブを継続している超越者のこと。

その中でも超越者のダンジョンダイブの生命線と言えるのが、ステータスウインドウの「ストア」らしい。これは十階層を超えることで開放されるという。

この「ストア」を利用したアイテムたちが無ければ、十階層から先は厳しいとのこと。少なくとも先々の魔物には「ストア」で強化した武器でなければまともに攻撃が通らない。つまり、この世界の探索者は、レアドロップの武具やダンジョン資源で作成された物に頼っており、探索が進まないのも当たり前だという。

僕なんかはまだまだチュートリアル中だったということだね。「ストア」が開放されてからが本当の勝負のようだ。

ダンジョンの難易度は僕たちのような〝超越者（プレイヤー）〟からしても狂ってるけど、この世界の探索者からするとヘルモード以上の難易度であり『挑む方が間違っている』と、若き日のオリジナルの皇さんは頭を抱えていたそうだ。結果として、今の学園や探索者協会の安全傾向が作り上げられていったらしい。

野里教官は十五階層を超えられなかったと言っていた。

残酷だけど、それはダンジョンの難易度的に〝当たり前〟のこと。いわゆる無理ゲーというヤツ。……仲間を喪（うしな）っただろう野里教官のことを思うと何だかやり切れない。

そう考えると、公表されている最高階層の三十八階層というのも〝超越者（プレイヤー）〟の協力によるものなのかもしれない……と、皇さん（模擬）に聞いたらノータイムで『当たり前だろう』とのこと。

ただ、皇さん（模擬）は色々と情報をくれたけど、一部の質問には『教えられない』『知っているが教えるつもりはない』とか、割と口をつぐむ場面もあった。

ハッキリと分かったのは、ダンジョン学園や探索者協会に対して良い印象はないということ。

……嫌な感じだ。僕の中にちょっと嫌な想像が駆け巡っている。

『……そろそろ良いか？　時間切れのようだ。俺が知っている計画通りなら、次は二十階層にココと同じような仕込みがあるはずだ。もしオリジナルの皇が新たに情報を書き換えているなら、今の俺から以上の情報が得られるだろう。俺たちは直接的な手助けはできないが、せめて次のために質問事項をまとめておくと良いだろう』

「色々とありがとうございました。次は二十階層……情報が更新されていることを願っていますよ」

この空間もダンジョンシステムを利用したモノであり、外とは時間の流れが違っているらしい。

つまり、ここを出たらいきなりホブゴブリン戦が待っているわけだ。気持ちを戦闘モードに戻しておかないとメイ先輩に迷惑を掛けることになる。

時間制限ギリギリまでここで過ごしても、五階層のボス部屋に二秒遅れで辿り着く仕様とのこと。

皇さん（模擬）の姿が徐々に薄くなっていく。この姿が完全に消えた瞬間、五階層のボス部屋に戻されるらしい。いや、戻るというのも変な話だけど。

「ッ！（ここがボス部屋かッ!?）」

「おいッ！　遅れるなと言っただろ!?」

「……イノ君！　強化ゴブリンが多い。一先ず当たる！」

いきなり鉄火場か。

薄暗い部屋で話し込んでいた所為か、トンネルを抜けた後みたいに視界が一瞬白くなる。くそ。

二十メートルほど前にゴブリンの集団。

真ん中にいる、ゴブリンリーダーより一回りデカいアイツがホブゴブリンだろう。周囲にはゴブリンが十二体か。……ってか、聞いてたより多いじゃん。

ざっと見たところ、前衛組の五体に強化ゴブリンの匂いがする。武器の構え方がまず違う。

メイ先輩は既に《甲冑》を展開して駆けている。正面から強化ゴブリンに当たるようだ。

まず、事前の打ち合わせ通りにメイ先輩に《白魔法》の《ヘイスト》と《ディフェンス》を掛ける。

僕も行く。さっそく皇さん（模擬）から聞いた変則スキルだ。

インベントリから出した予備の短剣に《纏い影》を絡ませ……ぶん投げる。短剣はメイ先輩を追い越して、先頭の強化ゴブリンに迫るも軽く躱された。

ゴブリンの注意は既に短剣にはなく、向かってくるメイ先輩に向けられている。思いのほかあっさりと釣れた。短剣は空中であり得ない軌道を描き、後ろからゴブリンの後頭部に突き刺さる。確認するまでもない致命傷だ。

《纏い影》は伸縮性もあり、かなりの自由が利く。攻防に便利で、投擲した短剣に纏わせて軌道を変えたり、そのまま振り回したりもできるそうだ。あの部屋の中で試したら、割と簡単に出来たので即実戦採用。

まず一体。と思っていたらメイ先輩が別の一体と当たり、一合で切り伏せた。恐らく優先的に強化ゴブリンを狙いながら、ホブゴブリンの注意も引いている。今のバフ済みのメイ先輩の立ちまわりなら、そうそう囲まれることはないはず。僕は回り込んで後衛のゴブリンを狙う。

後衛の弓ゴブリン。こいつは強化された奴だ。さっきからかなりの精度で矢が飛んでくる上、一度は《纏い影》を貫かれた。油断はしていなかった筈なのに。

僕の接近を嫌がり、他のゴブリンを壁にして更に矢を射かけてくる。単純に逃げないのは流石だ。でも、ここまで接近したら僕の攻撃も届く。

目の前に居た通常ゴブリン二体を切り伏せ、そいつらの死体を壁にし、弓ゴブリンの死角でインベントリから鉄球を取り出す。

くそ。弓ゴブリンの方が上手だった。奴の矢が肉壁を貫いて僕の胸に直撃する。矢は《纏い影》で防いで刺さりはしなかったけど、完全に防げなかった。矢の当たった衝撃により、一瞬、呼吸が詰まって動きが止まる。肉壁を信頼し過ぎた。

僕の動きが止まっている間に、奴は更に距離をとり、次はメイ先輩を狙っている。くそ。させるか。

鉄球を投げ、その結果を見るまでもなく駆ける。

最初の変化する短剣の軌道を見ていたためか、鉄球を避けた後、その注意が鉄球に向けられていた。残念だったね。それはただの鉄球で、こっちが本命だよ。

《纏い影》で投擲した鉈が、弓ゴブリンの頭部を吹き飛ばし、脳漿と血をぶちまけた。

僕は《纏い影》をゴムのように使って鉈を手元に戻し、そのまま周囲に残っていた通常ゴブリンを狩る。

メイ先輩を見ると、既にホブゴブリンと打ち合っているけど、周囲には強化ゴブリンも残っている。《纏い影》で鉄球を三つ飛ばす。三つ同時操作だと一撃必殺は無理だし、かなりの集中力が必要になるけど、けん制程度にはなるだろ。某アニメのニュータ○プの凄さを実感するね。……って、だから何でこんな場面だけ記憶が鮮明なんだよ。

鉄球で気を散らした強化ゴブリンに、すかさずメイ先輩が顔面に《甲冑》を纏った裏拳を喰らわせた。強化ゴブリンは反撃の余地もなく吹き飛んで動かなくなる。

メイ先輩の隙を突く形で、ホブゴブリンが動くけど、更にその隙を突いて後ろから鉈で一撃。斬るというより殴打に近かったけど、奴の体勢を崩すことはできた。やはり強化ゴブリンよりも硬い。

「ギャジャッ！」

「うおッ⁉」

ホブゴブリンが、体勢を崩しながらも振り向きざまに一閃。《纏い影》の集中防御で受けるも、吹き飛ばされる。咄嗟のことだから鉄球の操作も切れてしまった。

「イノ君！　無事⁉」

「な、何とかッ！」

いつの間にか、残りはホブゴブリンと強化ゴブリン二体。

「……くッ！　イノ君の仇は討つ。……来い！」

いやいや。僕、死んでないから。

メイ先輩がホブゴブリンと打ち合う形になっている。残りの強化ゴブリンは僕の相手か。

鉈と入れ替えで鉄球を取り出し、メイ先輩を横合いから狙っている剣の強化ゴブリンを狙う。

今となっては僕の投擲に警戒が強く、かなり余裕をもって躱したようだ。メイ先輩の打ち合いの時間稼ぎはできたかな。……と思っていたら、逆にもう一体の斧の強化ゴブリンが投擲後の僕に肉薄してきた。

「ガギャァ――ッ!!」

「……しッッ!!」

インベントリから取り出した勢いそのままに、カウンター気味の鉈の一撃で首を狩り飛ばす。悪いけど、いくら強化ゴブリンとは言え、一対一ならもう後れは取らない。

「……《虎断ち》ッッ!!」

「ジェギャッ!?」

残りの強化ゴブリンを……と思っていたら、メイ先輩が倒していた。既にホブゴブリンも地に伏している。あれ？　メッチャ早くね？　ほとんどメイ先輩一人で終わらせた？

「ふん。強化ゴブリン六体を含む十二体とボスか。なかなかの引きだったな」

「強化ゴブリンが後衛に偏っていたら、ちょっと危なかったかもしれませんね」

「……前衛は私と相性が良かった。……イノ君の仇も取れた」

いや、だから僕は死んでないし。遠い目をして拳を握らないで。どこに何を誓っているのやら。

「まぁゴブリン共には不幸だが、確かに鷹尾には噛み合っていた。ホブゴブリンも結局は一刀のもとに切り伏せたしな。あの一撃は見事だった」

「……ありがとうございます」

その一撃とやら、僕見てないんだけど……そんなに凄かったの？

「それにしても井ノ崎、何故遅れた？　それに、あの《纏い影》は何だ？」

「……色々とあるので……後で説明します。まずはボス戦後の流れを教えて下さいよ」

「……初めにボスが居た場所。その後ろのアレ？」

すっとメイ先輩が指をさすその先に、あの皇さん（模擬）の出現のきっかけとなった石碑を二回りほど小さくした物があった。

「……まぁいい。あの台座に埋め込まれた石板が転魂器と鑑定機を兼ねたモノであり、ダンジョンのショートカットの目印となる。今回、ホブゴブリンを倒したのは鷹尾だが、共闘ということで井ノ崎も使用できるはずだ。あまりにもレベル差が大きかったりすると、共闘と判断されない場合もあるがな。その辺りの判定は曖昧だ」

ホブゴブリンの初期配置場所、周囲より一段高くなったライブステージのような台があり、そのステージの上に更に台座が設置されている。

野里教官の話だと、あくまでホブゴブリンを倒したチームとかパーティが資格を得ることができるという感じみたいだね。パワーレベリング的な寄生プレイ一辺倒じゃダメってことか。

実は今回の戦いで【チェイサー：ＬＶ（レベル）ｍａｘ】へ到達したので、ステータスウインドウじゃなくて、一度この石板でクラスチェンジしてみようかな？

「まず、使用が確実な鷹尾から、その転魂器のような水晶玉にマナを流してみろ。頭の中にイロイロと出てくるはずだ」

「……はい」

メイ先輩が静かに水晶に手を触れ、マナをゆっくりと流す。転魂器を使った時と似たような感じで、柔らかくて暖かい光が水晶に灯(とも)る。

「……レベル【八】【武者：LV5】。クラスチェンジの選択は……【武者Ⅱ】【野武士】と出ました」

メイ先輩の成長の道筋がほぼ固定化されてきた感じだね。しかし【野武士】て。どんなクラスだよ。気になってはいるけど、何故か今回は僕のステータスウインドウに説明欄が出てこない。基準がよくわからない。

「鷹尾はどうする？　このまま【武者】の上位クラスを経ていく感じか？」

「……はい。できればそうしたいです。今の戦い方が私には合っていますので……クラスLVを限界まで上げてから【武者Ⅱ】にクラスチェンジしようと思います」

この感じで【武者Ⅱ】があるってことは、【武者Ⅲ】【武者Ⅳ】とかもありそうだね。二十階層で皇さん（模擬）に会えたら、クラスチェンジの法則と種類とかを聞いてみようかな？

「そうか。なら今日はショートカットの登録だけだな。ちなみに今ので既に登録自体は完了している。次回ダンジョンゲートを潜るとき、頭の中に五階層の選択肢が出てくるはずだ」

「じゃあ、次は僕ですね」

メイ先輩と場所を交代して、僕も同じように水晶にマナを流す。
目を刺すＬＥＤ的な青白い光。
『目が～ッ⁉』……ってなんでだよ。

３．特性

井ノ崎真
レベル【一〇】【チェイサー：ＬＶｍａｘ】
選択可能クラス【シャドウストーカー】【チェイサーⅡ】【ローグⅡ】【白魔道士Ⅱ】
クラスがかなり端折られてる。ステータスウインドウからだと、下位クラスである【剣士】なんかも出てくるのに。まぁこういう仕様だと割り切ろう。〝超越者〟はステータスウインドウを使えってことなんだろう。
それにしてもどうして僕がマナを込めたら目に痛い光なんだよ。メイ先輩みたいな厳かな感じじゃなくて、凄くチープに感じる。いや、これも別に良いんだけさ。
とりあえずこの【シャドウストーカー】だ。
名前はちょっと嫌なんだけど、わざわざ【チェイサーⅡ】を差し置いて前に出てきてるんだから、レアなクラスなのか？

ステータスウインドウから調べてみると、どうも《スキル》が強力になっていくようだ。【チェイサーⅡ】はどちらかと言えば素の身体能力の正統強化という感じ。

素の身体能力が順当に強化されても、正直メイ先輩ほどの火力を発揮できる訳じゃないし、特別な技術……〝技〟がないから宝の持ち腐れだろう。《スキル》の創意工夫や強化の方が僕には向いている気がするし、メイ先輩との連携を考えても【シャドウストーカー】の方が良さそうだ。

「ええと。【チェイサー】から【シャドウストーカー】というのが出たので、メイ先輩とのバランスを考えてそっちにクラスチェンジしますよ？　良いですか？」

「……イノ君の選択に任せる。……私に合わせてくれてありがとう」

「【シャドウストーカー】か。あまり出ないクラスだ。影を用いたスキルや気配の隠蔽に長けると聞いたことがあるな。……それにしてもどうして井ノ崎の場合は光り方が違うんだ？」

それは僕が聞きたいよ。目に痛いし。

「他にこんな光り方をする人はいないんですか？　もしかしたら、そういう人が〝超越者〟かもしれませんよ？」

「…………そうだな。一応調べておこう」

え？　適当に言ったんだけど、野里教官は割とシリアスに受け止めちゃったみたい。いや、こんなので〝超越者〟が炙り出せればそれに越したことはないだろうけどさ。なんか適当に言ってゴメンナサイ。

「それはともかく、これで井ノ崎もショートカットの登録ができたはずだ。石板機能で戻った後、改めてゲートを潜って試すぞ」

「……教官。こういう場合はゲートの使用許可は？」

「ああ大丈夫だ。今日は念のためにそれを見越して、市川先生に二つに分けた申請をしてもらっているからな」

違法ダイブ生活が長かったせいで気にもしてなかった。でもメイ先輩の言う通り。帰還直後とはいえ、ゲートへ入り直しなんて普通はダメだよね。野里教官もそれを踏まえてちゃんと正規の手続きしてるし……。

何故か凄く負けた気がする。ちょっとゲーム的な感覚にトリップし過ぎてるかも。もう少し現実側に軸足を置くように注意しよう。

ドロップアイテムを回収後、さっそく石板の帰還機能でゲートの入口まで戻り、改めてダンジョンダイブ。

ゲートに触れた瞬間、頭の中に『一階層から』『五階層から』という選択肢が出てきた。カーソルを合わせるイメージで『五階層から』を選択。

三人で改めて五階層のボス部屋に戻ってきた。

「これがショートカット……。もう一度五階層のボスと戦う際は『一階層から』ですか？」

「そうだな。改めて一階層から挑むと階層ボスは復活している。あと、ゲートを潜る際、既に他のチームがボス戦をしている場合なんかはショートカットが使えない。学園にいる間は特に問題はないだろうが、探索者としてダイブする場合、ゲートによっては混雑することもあるからな。他のチームのダイブ予定を確認しておく必要も出てくる」

なるほどね。学園に在籍中は、基本六階層から先は規制されているから、ほぼ全班が『一階層から』になるってことか。渋滞したとしても、どの班がボスに挑戦するかで揉（も）めるくらいかな。

「ちなみに六階層への階層ゲートはどこにあるんです？」

「ボス部屋への入口が、そのまま六階層への階層ゲートへ切り替わっている。つまり、ボス部屋から五階層に戻ろうとしても戻れないという訳だ。かつてはこの仕様に気付かず、五階層へ戻ろうとして六階層へ行き、そのまま全滅という事故もあったらしい。ダンジョン学園が整備されてからは、流石にそんな事故はないだろうがな」

そう言って、野里教官がボス部屋の入り口を指で示した。何と言うか、初見殺しな仕様だね。

「それで井ノ崎。ボス部屋へのゲートを潜った時、何故遅れた？　最初は単に出遅れたと勘違いしたが、よく考えると、私はお前と鷹尾の後ろに位置してゲートを潜ったはずだ。井ノ崎だけが遅れる訳がない。……何かあったのか？」

流石に覚えていたか。それに野里教官は【獣戦士】の特性なのか、やたらと勘が働く。ダンジョン内だと特にだ。なかなか誤魔化すのが難しい。

「……まぁ今更ですけど、やはり僕は〝超越者（プレイヤー）〟だったということですね。教官やメイ先輩には二秒のタイムラグでしたけど、僕だけ別の部屋に飛ばされていました」

「別の部屋だと？」

　さて、どこまで話すか。まず「ストア」やダンジョンの難易度についてはまだ伏せておく。ちゃんと話をするのは、少なくとも十階層を超えて実際に「ストア」が開放されてからだろう。本当かどうかも今は確認できないし。

　あと、現在進行系で活動しているだろう同類についても、本人たちのこの世界での立ち位置を確認するまで、迂闊なことは言えないだろうね。

　掻い摘んで皇さん（模擬）に出会ったことを話す。とりあえずは〝超越者〟への案内板のような存在だと。

「……皇恭一郎。それが〝超越者〟の名か。未だにダンジョンで生きている可能性があるとは……」

「いやいや。もしかしたら壮大なペテンかもしれませんから、一度波賀村理事に確認して下さいよ？　理事ならダンジョン学園設立に関係した〝超越者〟の情報も知ってるでしょうし」

「……皇の名は聞いたことがある。ダンジョン関連で財を成した一族だと。獅光重工……獅子堂家とも付き合いがあったはず」

　お？　名家は他家を知るのか。武人の顔が強く出てはいるけど、正真正銘メイ先輩もお嬢様らしいしね。

「……ただ、皇家はある時からダンジョン開発に反対の立場を表明して、表舞台から姿を消したと聞いた気が……」

皇さん自身は、ダンジョンはこの世界の探索者では荷が重いと考えていたらしいし、その関係かもね。

「ボス戦で使ったあの変則的な《纏い影》も、その模擬人格とやらに教わったのか？」

「ええ。スキルやクラスについてもかなりの知識があるようでしたね。……次に出会う可能性があるのは、二十階層のボス部屋へのゲートらしいですから、それまでに質問事項をまとめておけとも言われましたね」

「……二十階層……まだまだ先」

これで話は終わりという空気を醸すけど、野里教官の視線が鋭い。

今となっては教官のことを序盤のお助けキャラだなんて思っていない。共にダンジョンの深層を目指す同志だ。

それでも、やはり実証できない話はおいそれとは伝えられない。……下手をすると、野里教官の過去を抉ることになるかもしれないしね。

「そんなに睨まなくても言いますから。まだ伏せている情報はありますけど、それは十階層を超えないと確認できないんですって。ちゃんと確認できたら言いますよ」

「……その話に嘘はないようだな（だが、コイツは他にも何か隠している気がするな）」

怖いよ、歩く嘘発見器（ほぼ勘）め。どうせ他にも隠しごとがあるって気付かれてるんだろうな……。

チラリとメイ先輩を見ると、こっちも若干能面顔になってるし。お嬢様も何か察してるよね、これ。

「……次は六階層。教官、今後の予定は？」

「そうだな。しばらくは五～六階層でレベル上げだ。井ノ崎は【シャドウストーカー】の習熟、鷹尾は【武者Ⅱ】へのクラスチェンジが目先の目標だな」

話を変えてくれた。教官はともかく、メイ先輩も大人対応。話せる時がきたら、ちゃんと言うから勘弁して下さい。

ただ、僕にも疑問があるんだ。「ストア」で武具を購入できるなら、どうしてオリジナルの皇さんはその武具を周りの探索者に配らなかったのか？　この点は皇さん（模擬）に聞いたけど答えてくれなかった。探索者の死亡率を下げるなら手っ取り早い方法だと思うんだけどな。

僕はメイ先輩や野里教官に提供するつもりだけど、もしかすると「ストア」の武具には何らかの制限があるのかもしれない。〝超越者（プレイヤー）〟以外は使えないとか？　そうなるとかなり困る。

あと、波賀村理事たちの〝ダンジョン症候群〟。これも皇さんなら何とかできたような気がする。

皇さん（模擬）が創られたのは一九八〇年だけど、既にその頃には探索者の一部で〝特異領域（ダンジョン）の外でパッシブスキルが発現する〟という症例はあったらしい。ちなみにその原因や治療法について皇さん（模擬）からは、『知っているが教える気はない』という返答。

ダンジョンについては割と親切に教えてくれたけど、皇さん個人のこと、この世界の探索者の助けになるような質問については塩対応だった。

あくまで勝手な想像だけど……質問の回答傾向から、皇さんはこの世界に対して悪感情を持っていた気がする。少なくとも僕はそう感じた。

決定的だったのが〝何故オリジナルの皇さんはダンジョンから出てこないのか？〟という質問。皇さん（模擬）の回答は至ってシンプル。

『外への興味が失せたから』

これは〝超越者〟だからなのか。それとも、皇さんにそう言わしめるようなナニかがあったのか？

嫌な話だけど、周囲からの迫害とか、ヤバい人体実験なんかが頭をよぎったね。平気でやりそうだ。世界が変わっても、所詮人間の有り様に変わりはないだろう。

特にコッチの世界では、ダンジョンの謎を解明するためだとか、魔物へ対抗するため……なんてことを大義名分にしやすい。

「野里教官。僕は波賀村理事のことをよく知りません。理事という立場なら、過去の〝超越者〟の情報は持っているでしょうけど、もし、情報が秘匿された理由に後ろ暗い点があるなら………まぁ十分に気を付けて下さいってことです」

いつものニヤニヤ顔じゃない。真剣な野里教官の顔。

「ふん。ガキに心配されるまでもない。その程度のことは承知の上だ。過去に現れた〝超越者〟がどのような扱いだったか……悪い意味を想像できんほどピュアではない。それに、波賀村理事はまだ信用できる方だ」

僕はまだまだ子供だ。

学園……というか、権力を持つ側が本気になれば、僕を捕らえ、過去の〝超越者（プレイヤー）〟が受けたかもしれない、非道な仕打ちを実行することなんて造作もないはず。はは。できれば穏便に済ませて欲しいモノだね。

……ん？　いやいや、ちょっと待て。やっぱり僕はどこかおかしい。普通だったら恐怖や不安を抱くところのはずだろ？　なのに『まぁそういう可能性もあるか』程度で終わりって……どう考えてもおかしくない？

これは〝超越者（プレイヤー）〟の特性なのか？

朧（おぼろ）げだけど、前世の僕は自分の身の安全にここまで無頓着じゃなかったはず。記憶にある〝井ノ崎真〟だって、こんなロックな生き方を是とする子じゃない。

あれ？　今更だけど、〝僕〟ってなんだ？　井ノ崎真？　じゃあ、僕の記憶にある妻や子供は？　前世でまだ結婚する前の彼女に出会った時の高揚は？　子供が事故で入院した時の不安は？　ひ孫を膝に乗せたあの感触は？　妻を看取（みと）った時の空虚さは？　この世界で何の躊躇（ちゅうちょ）もなく、初恋の女の子の腕を折ったことは？　幼馴染（おさななじ）みの男の子の顎を打ち抜いたことは？　何故、いきなりゴブリンを殺せた？

「……イ……君…………ノ…………イノ君。…………大…………夫？」

あ、メイ先輩？　呼ばれてる？　返事しなきゃ。……そうだ。彼女は〝同志〟だから。

「……イノ君！　……大丈夫？」

「え？　あ？　…………え、えぇ。だ、大丈夫です、大丈夫」

いつもの無表情寄りの顔じゃない、少し困ったようなメイ先輩が目の前にいる。ちょっとトリップしてた。危ない危ない。心配かけちゃった。

「……本当に？」

「ええ大丈夫です。……ちょっと、自分のアイデンティティに疑問を感じ、この大宇宙、ひいては世界全体と僕の魂と呼べる存在との間に確かな繋がりはあるのか？　僕自身の存在とは一体何なのか？　という、答えのない壮大な問いに没頭していただけですから、はい」

一転して能面顔になった。

「…………そういうイノ君、私は嫌いだな」

メイ先輩に怒られてしまった。言い分がテキトー過ぎたね。いや、実際には言葉通りのことを考えていたんだけど。

「おい。じゃれてないで準備しろ。せっかくだから、一度六階層に行くぞ。今日は一戦だけして終わりにする」

「……はい」

「はいはい。分かりましたよ」

考えても答えが出ない問題は一時スルーだね。

まずは目先のこと。

難易度が跳ね上がるという六階層はどれほどのモノかな？

第六章　生まれ出づるナニか

1. 川神陽子

私には〝光〟が視える。

物心ついた頃から、私にとっては当たり前のことで、他の人にはソレが視えないことに暫く気付かなかったのを覚えている。

きらきらとした光の粒。

それは天啓。

体を動かす時、光の粒がキラキラしてる部分に力を入れたら良いんだ。

光が流れる。

そうしたら、その光の流れに沿って、手を、腕を、膝を、足首を動かす。それだけで、私には誰も追いつけない。

細かい作業だって同じ。指や手首の動きを光が導いてくれる。

勉強も同じ。光がキラキラする部分に思考を向けたら良いだけ。

それだけで誰も私に敵わない。

勿論、大人には敵わないこともあるし、年上の子にも負けることはある。でも、そんな時に相手を視ると、全然キラキラしてない。私の方が光でいっぱい。

いつの日か、この光が〝才能〟って呼ばれるモノじゃないかって考えるようになった。

だって、光がない人はそれなり。光がある人は優秀。すごく分かりやすい。

幼馴染み（おさななじみ）のイノには殆ど（ほとん）光がない。妹の花乃（かの）ちゃんの方は光で覆われるくらいなのに。

サワはその花乃ちゃんよりも凄い（すご）。私と同じくらい？　ううん、そうじゃなかった。サワの光は変わらないけど、私の光は少しずつ輝きを増していったから。

風見（かざみ）にも光があるけど、奥に仕舞われている感じ。単純に体を動かすとかじゃない。多分、研究者とか学者みたいな感じだ。

そう。私には〝光〟が視える。

だから、私には何でもできた。両親が勧めた習い事なんかはあっという間に一番になった。すぐに渇く。つまらない。

続けたら？

周りはそうは言うけど、いつまで経っ（た）ても同じだよ。光を追うだけの作業。そんな作業を延々繰り返すなんて冗談じゃない。

でも分かってた。渇くのが嫌だからと言って、常に新しいことに挑戦し続けることはできない。いつかは何かを選ばないといけない。

どうせ同じような作業なら、せめて、うんと難易度が高いモノ。皆が憧れるモノが良い。それなら渇くまでに時間が掛かるでしょ？

探索者は私にとって都合が良かった。

誰もがなれる訳じゃない。ダンジョンという過酷な環境を往く、一握りの特殊な人たち。

探索者だったら、渇くまでにかなりの時間を要するはず。それに渇いたらまた別のことをすれば良い。探索者ならそれくらいの我儘は許されるだろうし、次に何かをするにしても、その資金を稼ぐこともできるだろうから。

意外にも、イノにもダンジョン学園の編入資格があった。

私の周りには光が相応しい。光のないイノは本来なら私に相応しくない。でも、両親同士の、家族ぐるみの付き合いだし、妹の花乃ちゃんは、私の友に相応しいだけの光がある。イノはただのオマケ。そう思ってたんだけどな。ダンジョン学園の編入資格は光に関係ないみたい。

そうかと思えば、サワや風見という、他の子たちよりは光がある子が選ばれている。当然、私も選ばれた。サワよりも編入に必要な数値が低かったのは納得できない。

でも、サワは私に相応しいから許す。私には少し劣るけど、やはりサワの光は綺麗だ。話をしていても心が躍る。一時のことだとしても、渇きを忘れられるのは嬉しい。

ダンジョン学園では、周りを見れば光に溢れている。凄い。もしかすると、ここなら渇かないかもしれない。

探索者になれるのはＡ・Ｂ組だけ。特別。当然私は選ばれた。この光が溢れる学園においても、私の光は一際輝いている。でも、流石というべきか、私よりも強い輝きもあれば、鋭い光もある。今まで見たことがない色の光だってあった。

ここでなら……その願いは現実になった。

獅子堂武。

彼の光は凄い。輝き自体は私の方が上だけど、光が渦巻いている。彼は自らの意思で光の導きをある程度操作できた。本当の天才。そう思った。

しかも、彼は私と同じ。光が視えていた。正確には、彼に視えているのは炎だそうだけど、その意味するところは同じ。

初めて獅子堂と出会った実習。

ひょんなことから班同士で共闘することになったけど、獅子堂と私は動きが似ていた。その時は、まさに同じと言っても過言じゃなかった。おかげで、戦闘中の位置取りが被って、少し危ない目にも遭ったけど。

人とは違うモノが視えている者同士、私と獅子堂は意気投合した。

もしかすると、コレが私の初恋だったのかもしれない。サワの時とは違うドキドキがあった。

でも、獅子堂には想い人がいる。一つ年上の幼馴染みで、鷹尾芽郁さん。

イノという私の幼馴染みとは違い、鷹尾先輩は刃のような鈍い光を持ってた。獅子堂には一振りの炎の剣に視えていたみたい。

彼女なら仕方がない。そう思えるくらいの光。獅子堂が惹かれるのも分かる気がしたよ。

獅子堂は鷹尾先輩に真剣勝負で勝ちたいと願っていた。たぶん、男の子の意地みたいなモノなのかな？　彼女を超えてから、自分の想いを打ち明けたいって。酷いよね。それを私に言うなんてさ。

いつの間にか、渇きを覚えない日々にも慣れた。ううん。渇きがないことにも気付かなくなってたんだ。たぶん、充実してるっていうのはこういうことを言うんだと……そう思ったの。

光に溢れた同年代の子たちと過ごす。これが私の望んでいた普通なんだ。ふと気付いたら、嬉しくて涙を流してたこともある。

中等部の二年に上がるとき、獅子堂が荒れた。

あの鷹尾先輩がB組から外れた。つまり、探索者の道が閉ざされたってこと。信じられない。あれだけの光を持つ人を外すなんて。

特に大怪我(おおけが)をしたとかはない。表向きは家庭の事情だけど、家族ぐるみで付き合いのある獅子堂はそんなのを信じてない。

獅子堂が荒れているとき、何故(なぜ)か光を持たないイノに腹がたった。コイツは自分の無能をまるで嘆いてない。

ダンジョン学園まで来て、日々を浪費している。学園に対して消極的だった風見ですら自身の光を活(い)かす道を歩いているのに。

何故こんな無能がのほほんと過ごし、獅子堂が苦しむんだ？　イライラする。

直接問(と)い質(ただ)すも、逆に問いを返された。光が無い癖に口応えするなんて！

鷹尾先輩の望み？　思い？　光の無いお前に言われたくない。

結局、八つ当たりだ。それは分かっていた。でも、この時もイノに違和感はあった。

あれはダンジョン学園に来て、本当の組が決まった後くらい。あの時くらいから、イノの印象がブレる。何故か〝視えない〟。光を持たないのは知っていたけど、視えない訳じゃなかったはずなのに……。

どういうこと？　『特殊実験室』？　二人だけが所属？　鷹尾先輩と……イノ？　なんで？　イノには光が無いのに？

今度のイライラは、前みたいな間接的なモノじゃない。直接イノに対してだ。

光が無い分際で……私に何も言わないなんて！

鷹尾先輩なら良い。でも、イノは違うでしょ？　ねぇ、サワもそう思うよね？

イノの分際で……光に愛された私が、お情けとは言え身近に接してあげてた恩を忘れたわけ？　私のことを無視するなんてね。

ダンジョンでも同じことが言えるのかな？

ダンジョンの中では、更にハッキリ光が視える。

相変わらず鋭い光。鷹尾先輩は流石だね。

対して、イノも相変わらずで光が無い。あれで鷹尾先輩と肩を並べる？　冗談でしょ？

獅子堂の光が今日は更に強い。鷹尾先輩を超えるため……少し胸が痛い。でも、獅子堂の想いを叶えてあげたい気持ちも本当。

サワの光はいつもよりも輝きが薄い。教官相手だから？　それともイノが相手だから？　これだから光が視えない奴は。あんなのを友人と思っている時点でどうかと思う。光を持つ者に相応しいのは、同じく光を持つ者なのにさ。

ほら、今だって光が私を導いてくれる。無防備なイノの胸元に光が流れていくよ。この光を辿（たど）ればそれで終わり。デカい口叩（たた）いていたのに！　無様だね！　イノ！

あれ？　なんで？

ちゃんと光の流れを辿ったのに？

どうして鷹尾先輩がここに居るの？

あ！　逃げなきゃ！

えっと……あれ？　イノは？　どこに行ったの？

あ、いた。えーと……光は？　あれ？　光の流れが視えない？

サワ！　ダメだよ！　その動きは光が通ってない！　ほら！　やっぱり！　なんでなの⁉　イノにやられるなんて！

あぁ⁉　佐久間（さくま）さん！　なんで避（よ）けられないかなッ⁉

ほらッ！　ミノちゃんは回復急いで！

堂上（どうじょう）はなんでイノに当たらないの⁉　動かないと！

サワ！　やったのッ⁉

アレ？　サワ、違う！　真横にイノがいるからッ！

あれ？　まただ。光の流れが視えない？

イノが獅子堂の方へ行こうとしてる。

えーと。ダメ。イノ、今は獅子堂が鷹尾先輩を超えるところなんだから！

さっきのはやっぱり勘違い。

ほら！　光の流れが今度こそハッキリ視える！　イノ、これで終わりだね！

くッ！　なんで⁉　光の導きの通りだったのに！

次は⁉　さっさと出てよッ！　光！　遅いじゃない！

コレもダメ⁉　いや……そうか！　今までのはオトリ。これが本命の光！

イノッ！　私の左手を摑んでるけど……ここは私の間合いだよッ！


……なんでよ。なんで通じないの？　光の流れのままに動いたのに。

あれ？　イノ？　両手にマナが……ぎゃぁぁぁッ⁉　痛いぃぃぃッッッ⁉

なんでなんでなんで⁉

イノが私に！　どうしてこんな酷いことするのッ⁉

イノッ！　なんで私を無視するの⁉　イノのクセにッ！　コッチを向けッ！

あぁ！　獅子堂！　そ、そんな……獅子堂が……鷹尾先輩はそこまでの光なの？

くッ！　イノッ！　い、いや、いまは獅子堂のところへ……。

どうして？　どうしてなの？　獅子堂の光も、私の光も……鷹尾先輩に劣るわけじゃない筈なのに……。

私はイノに負けた。

あの時は、あり得ない状況を前に頭がバカになっていた。

客観的に見たら完敗もいいところ。

しかも、イノは全く本気じゃなかった。光を追うのに夢中でよく見えてなかったけど、鷹尾先輩も手加減した状態で獅子堂を完封していた。

何が〝光〟だ。

自分が情けない。あれだけ内心で馬鹿にしていたイノに完膚無きまでにやられて、まだ思っている。

『でも、イノには〝光〟がないから……』

だから何？

光があろうが無かろうが、結果は出た。

獅子堂はまだ分かる。鷹尾先輩が相手だ。

でも、私は？

光を持たないイノに……ボロ負け。

冷静になって考えると、あの光の流れ、導き、道筋は、全てイノに読まれていた。いや、完全に誘われていた。

それをいい気になってなぞるだけ。

イノからすれば、私はさぞかし哀れな道化に見えただろう。

光が無くても、イノには同じことができたんだ。

謹慎処分は良かった。一人で色々と考えることができる。

イノとの一戦を振り返ると……怖い。

今回はイノが相手。しかも手加減された。それでも、私は拳を砕かれ、手首を折られ、当たり前に痛かった。

でも、これがダンジョンの魔物相手だったら？

私は光の導きのままに行動して…………死ぬ。死んでいた。

怖い。

これまでは光の導きに失敗は無かったのに。

今は光に従って行動するのが怖い。

別に学園で落ちこぼれるのなんてどうでも良いけど、ダンジョンは違う。命を懸ける場所。

ダンジョンの中で、私はもう一度、光と共に行動できる？　……無理だ。絶対に嫌だ。でも……。

一人で延々と、ぐるぐると、悶々(もんもん)と考える。

そんな時、寮長から連絡があった。

教官達の許可を得て、イノが私に会いに来るらしい。今さらどの面下げてイノに会えるというの？

だって、私はまだ……

『イノがいなければ、光を信じていられたのに』

……なんて風に思ってる。情けない。私はこんなにも駄目な奴だったの？　これじゃ今まで馬鹿にしてきた連中と変わらないじゃない。

学園の決定である以上、イノに会う。

まともにイノの……というより、人の顔を見るのは久しぶりな気がする。今までは、ほとんど光しか視てなかったから。

相変わらずイノには光が殆ど無い。いや視えないだけ？　……もうどっちでもいいか。

自分で思うよりも、私は嫌な奴だったみたい。一応は見舞いという形のイノに卑屈な嫌味を吐く。なのに、イノにあっさり嫌味を返されて傷付く。そんな資格ないのに。

嫌な奴である私に対して、イノの見切りは早かった。でも、そんな彼を引き止めてしまうのは何故？　自分でも分からない。

イノ、不甲斐(ふがい)ない私のことはもういい。でも、獅子堂を悪く言わないで。私は、鷹尾先輩を超えようと、必死だった獅子堂の姿を知っているんだ……。

イノが〝私〟を語る。

なんで？　イノは知っていたの？　どうして？

嫌だ、聞きたくない。

ちょっと待ってよ。私にだって言いたいことはあるよッ！

なんで聞いてくれないの⁉

ねぇ！　待ってよ⁉

イノは私の話を聞かない。拒絶。いや、より酷い。無関心だ。もう私に興味がないみたい。悔しい。更に彼は言う。

『私や獅子堂が正しい訳じゃない』

何も言い返せない。

イノには光がないクセに……虚しい負け惜しみ。彼はそもそも光に興味がないし、頼る必要もない。私と違って。

無機質な瞳。

そんな目で私を視ないで。

ねぇ、イノには何が視えているの？

今さら図々しいんだけど、私にも教えてよ？

もうイノの瞳に私は映らないの？

サワの足を引っ張るな？

ダンジョンの深層を目指す者だけがイノの同志？

サワもダンジョンの深層を目指す？

私にはもう構えない？

はは。そうか。もう私、〝主人公〟じゃないんだ。

何でもできるヨウちゃんはもういないんだね。


でもね、イノ。

私にだって意地はあるんだ。

勝手な逆恨みと思ってくれて良いよ。

光の無いイノなんかにさ、ここまで虚仮（こけ）にされて、元・天才としてはやっぱり許せない。ちっぽけなプライドだけどさ。


ねぇ、イノ。

私をちゃんと視てよ？

無視するなんて酷いよ。

今度は私が、イノが振り向かざるを得ないように思い知らせてやるね。

絶対にだ。


あはは。私が渇くまで、ずっと一緒に遊ぼうよ。

「……どうだった？」

サワくんとヨウちゃんへの後始末的なお見舞いから三日後。本棟付近の公園のベンチでぼんやりしてたら、メイ先輩に声を掛けられた。珍しい。ダンジョン活動以外についてはあまり自分から話を振って来ないのに。

ま、先輩の用件も分かってはいるんだけどね。

「まぁ……それなりに、そこそこ、こんなもんかな……的な？」

「……そう。上手く行かなかったんだ」

冗談っぽく答えたんだけど、真っ直ぐに曇りなき眼で見つめられてしまった。今は茶化すのはダメっぽい。

「そう言うメイ先輩は？」

「……」

無言で首を横に振る。そして、静かに僕の横に座る。メイ先輩の方もダメだったらしい。

僕等の話題。確認。それは、それぞれの幼馴染みへの面談について。

正直なところ、僕の方は半々。サワくんとは仲直り……というのとは違うけど、前よりも少し分かり合えた気がする。ただ、ヨウちゃんとはアレな感じで終わった。

「……イノ君には偉そうに言ったけど、私の方は武とまともに話もできなかった。会うこと自体を避けられた。一応、獅子堂家には言付けを頼んだけど……」

今のメイ先輩は、獅子堂のことを語る際にお馴染みの、感情の抜け落ちたような能面顔じゃない。全体的に淡々として、普段とあんまり変わらないように見えるけど……普通に凹んでる。気落ちしてる。流石にそのくらいの気持ちの変化くらいは分かるようになった。

「ま、まぁ……今は騒動の直後ですしね。もう少し落ち着いたら、改めて話をする機会を設けてみては？　とりあえず、僕はそうするつもりですよ」

半分は嘘だ。珍しく凹んでるメイ先輩を励ます感じで語っただけ。僕としては、サワくんとは交流するけど、今のヨウちゃんとは前のような関係には戻れそうにもないし、戻るつもりもない。

ああ、胸が痛い。ちくちくして、きゅっとする痛み。たぶん、これは〝井ノ崎真〟の痛み。初恋を完全に失ってしまった痛み……かな。

「……？　どうしたの？　大丈夫？」

メイ先輩を励ますつもりが、逆に心配させてしまった。クールな感じで、周囲に無関心な印象があるけど、メイ先輩は割と熱い。負けず嫌いだしね。良くも悪くも、それなりに周りを気にしてる人だ。

ま、よく分からない理由で〝同志〟とか言っちゃう人でもあるけどさ。ん？　熱さがあるというよりは不思議さん系か？　い、いや、まぁ今は良いか。深く考えるまい。

「い、いえ……大丈夫です。ただ、ちょっと……こう……何というか、完全に初恋が終わったよなぁ……って感じで、瞬間的にセンチメンタルしちゃっただけです」

ここは正直に言う。この流れで茶化すような真似をすると、メイ先輩が能面顔になる。流石にそういうパターンも分かって来た。……そして、一旦能面顔になると割と根に持つんだよなぁ……メイ先輩。南無南無。

「……一応の確認だけど、幼馴染みのヨウちゃん……川神陽子さんの方がイノ君の初恋相手？」

「え、えぇ。そうですけど……」

確認ってことは、もしかしてサワくんの方も勘定に入っていたのか？　メ、メイ先輩は〝腐なる女子〟か？　ま、まぁ……そういうのも別にアリなんだけど、記憶にある〝井ノ崎真〟の身体と心の性は一致していたし、異性愛者だったはず。ちなみにその辺りは〝僕〟も同じ。残念ながら腐なる女子の期待には応えられない。

「……イノ君から、何やら良からぬ邪念が……？」

「そ、そんなことはないですよ？」

むしろ、邪念はソッチじゃね？　……とは言うまい。

「……まぁ良いけど……イノ君は川神さんとは仲が良かったんでしょう？　こんなコトになって大丈夫？」

「いやぁ……そりゃ大丈夫じゃないですけど……ある意味では仕方ないとも思ってます。先に仕掛けて来たのはヨウちゃんの方でしたし……事後の面談の時も、不貞腐れてる感じでしたから。元の関係にはもう戻れないな……っていう諦めはありますね」

「……そう。私と武については、小さい頃はともかく、学園に来てからはそれほど仲が良かったわけじゃないから……もちろん、だから良かったという訳でもないけど……」

メイ先輩がぽつりぽつりと語る。

鷹尾(たかお)家と獅子堂家は家同士で付き合いがあり、比喩的な表現じゃなく、メイ先輩と獅子堂は生まれた頃から一緒だったそうだ。

一足早く、メイ先輩が六歳になる年にダンジョン学園初等部へ。お引っ越しで一旦の別離。

そんな彼女を追うように獅子堂も、一年遅れてダンジョン学園へ。

学園側の配慮なり忖度(そんたく)なのか、双方の意向だったのかは分からないけど、鷹尾家と獅子堂家は学園都市の自宅も近かったらしく、獅子堂が学園に来てからも交流はあったらしい。

「……ただ、武はどんどん増長していった。たぶん、自分が特別だっていうのを、おかしな風に自覚してしまったんだと思う。そして、私にも突っ掛かって来るようになった」

「いやいや。突っ掛かって来るって……僕が言うのも何ですけど、それはメイ先輩への憧れが高じての……それこそ彼の初恋ってやつでしょうに……」

思わずツッコむ。というか、僕が庇(かば)ってやる必要はないんだけど……こうもメイ先輩に袖にされてる獅子堂のことを思うと、ちょっと可哀想(かわいそう)になってくる。そりゃ先輩からすれば、獅子堂のやることに可愛(かわい)げを感じなかったとも思うけどさ。ま、年上と言っても一歳だけだし、流石に小学生女子に、年上のお姉さん的余裕を期待するのは酷なのも分かるけどね。

「……もちろん、今となっては、小学生の男子が、好きな女の子にちょっかいを掛けるっていうのは分からなくもないけど……嫌なモノは嫌だった」

うへぇ。ちょっとした思い出語りのはずが、メイ先輩が能面顔になっちゃってる。そこまで嫌だったの？　男子と女子っていうのは、幼い頃からこうもすれ違ってるわけね。そりゃ大人になったからと言って、早々に分かり合えるはずもないってことだね。ははは……はぁ。

「……イノ君はどうだったの？　やっぱり、川神さんに突っ掛かっていた？」

「は？　い、いえ……僕の場合は、メイ先輩と獅子堂くんみたいな感じとは違いますね」

話の流れが僕に向いた。ま、ヨウちゃんへの初恋云々は、記憶にある〝井ノ崎真〟の気持ちだけどさ。ちょっと吐き出す。

「ヨウちゃんは男女を問わず、昔から皆の中心にいるような子だったから……僕は獅子堂くんみたいに自分から積極的にアプローチするようなことはありませんでした。初恋ではあるけど、本当に淡い憧れみたいな感じで……ヨウちゃんともっと仲良くなりたい！　……とかはあんまり無かった気もしますね」

日向に咲く花のような笑顔のヨウちゃん。そんな彼女が頭を過ぎる。……ついでとばかりに、サワくんや風見くんの顔も浮かんでは消える。

僕は記憶として、当時の感情まで知っているけど……　〝井ノ崎真〟にとって、ヨウちゃんやサワくんたちは本当に大事な友達なんだと思う。

何だか、今この瞬間、すごく申し訳ない気持ちが湧き上がって来た。

いつの間にか、〝僕〟が〝井ノ崎真〟になっていたこと。なってしまっていたこと。

初恋相手のヨウちゃんや友達のサワくんに平気で暴力を振るったこと。

そして、本当はそういうことに対して、〝僕〟が大した罪悪感を抱いていないってことに対して。

「……川神さんの事は好きだったけど、イノ君は彼女と付き合いたいとかは思わなかったの？」

「ええ。普通に皆で遊んだり、くだらない話をしたり、学校帰りに何となく一緒に歩いたり……そんな程度で僕は割と満足してましたね。まぁ少なくとも、獅子堂くんみたいにグイグイ押す感じはなかったです。むしろ、どっちかと言うと、ヨウちゃんの方が周りを引っ張ったり、振り回したりする感じだったから……」

今となってはキラキラした良い思い出……みたいになってるけど、よくよく考えるとつい最近のこと。ほんの少し前のことなんだけどね。

「……武もそんな感じだった。私は周りに馴染めなかったけど、武は周りを引き付けて引っ張っていくタイプだった。増長はしていたけど、それでもガキ大将的に、武は自分の周りにいる子には気を遣っていたようにも思う。上級生や先生、教官達には嫌われていたけど」

そう語るメイ先輩は、もう能面顔じゃない。ちょっと柔らかい表情(かお)になってる。何だかんだと言いながらも、獅子堂のことは嫌いじゃなかったような気もする。いや、イチイチ突っ掛かって来られたのは、本気で嫌だったようだけどさ。ま、好きの反対は嫌いじゃなくて無関心……なんて言ったりもするし、嫌いだ苦手だと意識する程度には関心はあったはず。

僕もメイ先輩も、幼馴染みとの確執ができちゃったし、早々に溝を埋めるっていうのも無理そう。冷静に考えるとどうにもしんどい展開ではあったんだけど……まぁ、僕としてはメイ先輩とダンジョン以外のことで話ができたのは良かったとは思う。

割とクールな印象の上に独特な感性を持っていたりするけど、メイ先輩はその能力の高さとコミュ力の低さ故に周囲に馴染めない系のボッチだったのは事実だ。

そんな彼女が、普通に話をしているのがちょっと嬉しい。

たぶん、コレは僕の前世込みの感性だろう。子供が子供らしく過ごせることに反応してる。特に、この世界にはダンジョンが実在してて、国立の教育機関で子供達が魔物をぶっ殺す訓練をしているというイカレ具合だしね。前世の感性で考えるとかなりぶっ飛んだ設定と言わざるを得ない。

そんな感性のギャップもあってか、前世にもあっただろう、何気ない日常を目の当たりにすると思わずホッとしてしまう。

その後も、僕とメイ先輩はヨウちゃんや獅子堂の話から、小さい頃のこと、普段の学園での生活のことなんかを少し話した。

この世界に生きる〝イノ〟として……一緒にダンジョンダイブをする仲間であるメイ先輩と、少し打ち解けられたのを嬉しくも思ってる。

まぁ公園のベンチでちょっと話をした程度なんだけど、実のところメイ先輩とは、ダンジョン以外で……普通の場所で、普通の話をする機会なんて無かったから特にね。

「それで……僕や獅子堂くんのことはともかくとして、メイ先輩の初恋とかはどうだったんです？」

ただ、僕は間違えた。会話の流れの中で何気なく話を振っただけなんだけどさ。急に油の切れたブリキ人形みたいな動きをし始めたメイ先輩を見て……失敗を悟ったよ。

「……イノ君」

ギギギって音がしそうな感じで、メイ先輩の首がゆっくりとこっちを向く。……いや、それ怖いから。

「……は、はい……？」

「……女の子の初恋は宝物だから」

い、意味不明。だけど、メイ先輩が初恋について聞かれたくなかったのは分かった。

「ア、ハイ。スミマセン……」

何だかかんだと言いながら、メイ先輩も初恋云々の話に乗って来てたのに……。

くっ。彼女の地雷がどこにあるのかが分からない。

あとがき

この度は本書籍『プレイした覚えもないゲーム的な世界に迷い込んだら』を手に取って頂きありがとうございます。

この話は、ダンジョンのあるゲーム的かつ現代風な異世界に転生するという……いわゆる「異世界転生物」となります。本書籍を手に取って下さった方の中には、某小説投稿サイトで拙作に目を通してくださった方もいるかもしれませんね。もしそうであれば、重ねてお礼を申し上げます。

数年前から件の某小説投稿サイトを利用しており、当初は投稿されている作品を読むだけだったのですが、ある日、何を思ったのか、この物語の設定や概略を何となしに思い付き、物語として形にしようと書き手として作品を投稿、公開していった次第です。

仕事柄「資料を作成する」ということはあれど、私はこれまで「物語」を創作したことなどありませんでした。つまり、サイトに投稿したこの本書籍の原型こそが、私の初めての作品だったりします。なので、まさか書籍化の依頼など想像もしていませんでしたし、打診を受け書籍化の話が進む中でも、「何かの詐欺なんじゃ？」と、かなり失礼な思いを抱いたりしました。関係者の方々、すみません……。

改めて、私のようなド素人の作品を評価して下さった読者の方々、商業作品として世に出せる形に整えて下さった編集や校正、営業の方々、本書籍を並べて頂ける書店様、ふんわりとしか考えていなかったキャラクターたちに、具体的なビジュアルという命を吹き込んでくれたイラストレーターのpupps先生、この場を借りてお礼を申し上げます。ありがとうございました。
読者の皆々様におかれましては、次巻でまたお会いできることを楽しみにしております。

２０２３年10月　なるのるな

Kラノベブックス

プレイした覚えもないゲーム的な世界に迷い込んだら

なるのるな

2023年11月29日第1刷発行

発行者	森田浩章
発行所	株式会社 講談社 〒112-8001　東京都文京区音羽2-12-21
電　話	出版　(03)5395-3715 販売　(03)5395-3605 業務　(03)5395-3603
デザイン	AFTERGLOW
本文データ制作	講談社デジタル製作
印刷所	株式会社KPSプロダクツ
製本所	株式会社フォーネット社

KODANSHA

落丁本・乱丁本は購入書店名を明記のうえ、小社業務あてにお送りください。送料は小社負担にてお取り替えいたします。なお、この本の内容についてのお問い合わせはライトノベル出版部あてにお願いいたします。
本書のコピー、スキャン、デジタル化等の無断複製は著作権法上での例外を除き禁じられています。本書を代行業者等の第三者に依頼してスキャンやデジタル化することはたとえ個人や家庭内の利用でも著作権法違反です。

ISBN978-4-06-534186-5　N.D.C.913　291p　19cm
定価はカバーに表示してあります

©Narunoruna 2023 Printed in Japan

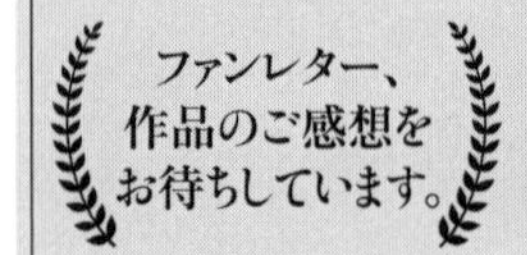

あて先
〒112-8001　東京都文京区音羽2-12-21
(株) 講談社　ライトノベル出版部 気付
「なるのるな先生」係
「pupps先生」係